Cidinha da Silva

O homem azul do deserto

3ª edição

malê

ISBN 9788592736316

Capa: Mariana de Matos
Editoração: Márcia Jesus
Edição: Vagner Amaro
Revisão: Bebel Nepomuceno

Texto revisado segundo o novo Acordo Ortográfico da Língua Portuguesa.

Dados internacionais de catalogação na publicação (CIP)
Vagner Amaro CRB-7/5224

S586h Silva, Cidinha da
O homem azul do deserto / Cidinha da Silva.
Rio de Janeiro: Malê, 2020.
136 p.; 21 cm.
ISBN 9788592736316

1. Crônica brasileira 2. Conto brasileiro I. Título
CDD – B869.8

Índice para catálogo sistemático: Literatura brasileira: crônica B869.8

www.editoramale.com.br
contato@editoramale.com.br

Vivas a Xangô, Ayrá, Agodô, Aganju
e toda linhagem do Rei dos reis.
Vivas ao senhor do magma, dos trovões e da justiça.

Este Homem azul é do meu pai, Antônio da Silva, que me deu coluna vertebral para ser quem sou e que aguarda os presentes que anuncio e demoram, e às vezes nem chegam, sem qualquer cobrança.

É da Iyá Marlene de Nanã, senhora da lama primordial e do renascimento.

É do Eduardo Oliveira, senhor da ginga e da deriva. Pai, irmão e filho.

É também da Iyá Denise Botelho, irmã amada.

É ainda do Taata Mutá Imê, o que firmou a cabeça e indicou o caminho.

Sumário

O Homem azul do deserto: as múltiplas vozes enunciativas de Cidinha da Silva

> Há quem diga que a ginga é exúnica, talvez! Mas a quem Exú se curva senão a Oxalá e a Oxum, a mãe que o acolhe e guia? Não seria a ginga uma prática oxúnica, a partir da qual o capoeira (a mulher também) exuzilha o adversário? ("Ora iê iê ginga!")

> Ele não leu. Passaram-se uns segundos eternos de silêncio até que me desloquei para identificar a caixa da impressora. Esta lembrança aciona a casa do desassossego todas as vezes que alguém menciona o peso do conhecimento. ("O homem da mudança")

> Meu cliente, senhoras e senhores jurados, ao furtar três livros de ficção, em ato extremo de resistência ao nada que lhe é destinado pela vida, afirma que, de todas as mentiras empurradas pela garganta (da inexistência do racismo, da existência da igualdade, da justiça, do equilíbrio no julgamento do delito, do tratamento humano para seres humanos), a literatura é a mentira menos danosa. Por isso, peço sua absolvição. ("Ikú e o menino que furtava livros")

> O recado dado pelos assassinos de Marielle Franco é nítido: "se vocês dormirem pensando que são Marielle, acordarão como Cláudias, ou seja, às mulheres pretas nem nos damos o trabalho de ameaçar, nós matamos, principalmente aquelas que conheçam por dentro como operamos". ("Somos todas Marielle")

As tessituras crítico-narrativas de O Homem azul do deserto, de Cidinha da Silva, proporcionam ao leitor um mergulho no universo de suas crônicas-contos e sua multiplicidade de temas; característica estilística da autora que faz de seus textos um universo repleto de espaços de (e para) reflexões, de olhares críticos sobre a contemporaneidade e a partir dos quais são impressos campos de saberes outros que desvelam lugares potentes de encontros com o Outro, as suas identidades, memórias e subjetividades.

Autora de textos ficcionais (narrativos, incluindo obras infanto-juvenis, poéticos e teatrais) e organizadora de obras ensaísticas, Cidinha da Silva nos apresenta O Homem azul do deserto, que é o seu 12° trabalho ficcional, e com ele nos brinda com 52 textos, crônicas-contos, que imprimem um olhar crítico diante de fatos que nos atravessam enquanto sujeitos engajados (ou não) com o nosso tempo. Neste novo livro são apresentadas textualidades que, pela sua diversidade temática, evidenciam a maturidade da autora como cronista que se esmera na arte da escrita. Trata-se de uma escritura comprometida e que parte de uma concepção criativa que assume um olhar estético – no sentido de um trato com as palavras – alinhado com a escolha de vocábulos e expressões que passam a ser utilizados e ressignificados em suas tessituras crítico-narrativas, desvelando um acurado tratamento ideológico, subjetivo e temático, pensado e escolhido com rigor para a composição das linhas e entrelinhas semânticas criadas para integrar cada crônica impressa no livro.

Em suas crônicas-contos, Cidinha nos coloca em contato com várias perspectivas enunciativas, as quais denotam o prisma de um olhar negro educador, que traz para a discussão fatos que objetivam produzir reflexões sobre Si, sobre o Outro, sobre Nós, sobre a diáspora africana, os lugares de acesso e propagação da ritualidade, a construção da emancipação social de sujeitos negros em diferentes instâncias geográficas do território brasileiro; uma perspectiva crítica em que, por meio do conjunto de textos reunidos, desvela relatos que transitam entre o "real" e o "ficcional" implodindo as fronteiras do factual, friccionando e ressignificando fatos históricos e míticos, atribuindo aos mesmos, em vários momentos, um caráter de pulsão alegórica que lhes permitem transcender o limiar estabelecido pelas "verdades absolutas" postuladas incoerentemente por aqueles que ainda acreditam na possibilidade de colonização do conhecimento e dos corpos.

Os textos de Cidinha rompem com a dicotomia crônica x conto. Acredito que exista uma "insurgência", não sei se consciente ou não, em seu processo criativo que dinamita a categorização de suas tessituras narrativas para simplesmente serem lidas como crônica ou conto. Aponto este traço estilístico ainda que, muitas vezes, a autora designe a sua produção textual como crônica, como o leitor poderá comprovar ao experienciar a leitura dos textos, entre outros, "O brasileiro comum e o bumbum do Hulk!" (uma crítica bem-humorada e cheia de ironia lançada ao universo masculino – e masculinista – e os seus lugares de legitimação repletos de machismo); "Ai, Maranhão!"; "Kit de sobrevivência para o ano novo"; e "Cronista analógica de um tempo digital", no qual ela descreve":

> A crônica é um retrato do momento, do sentimento, do pensamento, da reflexão. É grito ou murmúrio, clareira ensolarada ou porão cheio de bichos rastejantes e sonolentos, escondidos pelos cantos. Corte fino de adaga, precisão de cutelo.
>
> E se é verdade que o romance ganha o leitor por pontos e o conto por nocaute, a crônica esgrima e vence por W.O.

Este lugar de "ganhar por nocaute" e "esgrimar e vencer por W.O" vai sendo intensificado ao longo das textualidades que nos vão sendo apresentadas. O lugar de me vencer por nocaute é evidenciado em "Iku e o menino que furtava livros"; "A merendeira e os biscoitos do recreio" (uma forma de ver o outro e um olhar pedagógico afinado com os lugares de resistência); "Na terrinha" (sou transportado por meio de imagens que me levam à casa e afloram em mim a minha mineiridade); "Um piercing" (um nocaute certeiro que passa pelos nossos corpos, um "microconto" repleto de imagens que furam e, por meio do campo do sensível, do onírico, nos fazem sangrar com – e como – a "personagem" e, com ela, atravessar as águas de Caronte); "A janela e o passarinho" (o conto que abre o livro e nos convida a vivenciar a história de um motoboy que é atravessada por um incidente que o transporta para outros espaços oníricos com a passarinha).

Para além do limiar crônica/conto, devo evidenciar alguns aspectos dentro dos quais as textualidades de Cidinha se inserem; aspectos esses que se relacionam com as questões sociais e identitárias e que transitam no universo da música e da musicalidade, do futebol, do passado corporificado no presente ("O gol de Maurício Mauro", "O conto do Messi chavista", "Niemayer e Neymar", "O homem da mudança" [um golpe cruzado bem no queixo do leitor], "Manera FruFru, manera!", "O homem azul do deserto"); com as temáticas que amplificam e revisam os lugares de discussão sobre o gênero, a sexualidade e o olhar feminino-feminista negro, tratando as relações de afetividade, de amor e de encontro com o Outro ("Dia das namoradas", "Descompasso", "Um piercing", "Karol Conká e MC Carol dão a letra"); com a politicidade ("Vozes da bibliodiversidade na Flip e em outras festividades literárias", "Pode uma escritora negra falar sem que o mediador tente roubar a cena?", "Somos todas Marielle Franco!", "Lula no velório de Marisa Lula da Silva"); e também com as tradições de matrizes religiosas afrodescendentes ("Ora iê iê ginga!", "Direito à cidade", "Atotô", "Vou me embora pra Wakanda. Lá sou soldada de Okoye").

É fundamental ressaltar que os pontos aqui elencados se mesclam nas entrelinhas das crônicas-contos, amplificando os lugares de representação e a potência da escrita da autora. As "características" temáticas e estilísticas citadas apenas corroboram o argumento de que Cidinha da Silva apresenta um olhar polifônico para trabalhar as suas tessituras narrativo-poéticas/descritivas e para tratar na sua literatura temas imprescindíveis e que dialogam com as representatividades dos sujeitos negros.

Leda Martins (2002, p. 73) argumenta que "A cultura negra é o lugar das encruzilhadas[1]". Em diálogo e em sintonia com a discursividade de Martins, as tessituras narrativas de Cidinha da Silva transitam neste espaço mediador e intervalar das encruzilhadas. Por outro lado, a autora ressignifica o conceito/vocábulo "encruzilhada" em sua escrita, integrando-o à dimensão simbólica de "exuzilhada", mantendo o caráter de transcendência, mas, acima de tudo, reforçando a ideia de uma cronista/contista antenada a seu tempo. Cidinha enuncia e inscreve o lugar de encontro de sua textualidade com a ritualidade. Lembremos que a escrita – assim como a arte negra – é ritualística. Por isso os seus textos conversam uns com os outros, se encontram no ofício das palavras forjadas na construção de suas crônicas e com as quais também encontramos ecos em outros trabalhos como SOBRE-VIVENTES! (2016), #Parem de nos Matar! (2016) e Canções de amor e dengo (2016).

Após reler e reler O Homem azul do deserto a pulsão maior que em mim fica é o desejo de comentar cada crônica-conto que atravessou – e continua atravessando – as minhas retinas, abrindo caminhos para (re)leituras múltiplas. Não obstante, devo conter essa pulsão, pois, neste momento, em que tenho

1 MARTINS, Leda Maria. Performances do tempo espiralar. In: RAVETTI, Graciela e ARBEX, Márcia (orgs.). Performance, exílio, fronteiras: errâncias territoriais e textuais. Belo Horizonte: Departamento de Letras Românicas, Faculdade de Letras/UFMG, 2002. p. 69-92.

que pensar em você, caro leitor de Cidinha da Silva, tenho que ser generoso e lhe "passar a bola", deixando espaços outros para que você realize as suas viagens e incursões onírico-reflexivas pelos encantamentos das palavras enredadas pela autora.

Marcos Antônio Alexandre
Faculdade de Letras – UFMG/CNPq

Belo Horizonte, 17 de maio de 2018.

A janela e o passarinho

Na sala tinha um daqueles jardins suspensos de prédio chique, admirado pelo motoboy quando ia entregar documentos. Pessoal maneiro trabalhava ali, arquitetos e urbanistas descolados.

Absorto, ele mirava o jardim quando ouviu um barulho seco vindo do janelão de vidro, mas não conseguiu perceber o acontecido. Na saída do prédio viu um passarinho estatelado na calçada. Compreendeu tudo. Inconformado, foi até lá e moveu o bichinho para os lados, mexeu no bico, ameaçou uma massagem cardíaca com o fura-bolo e o pai-de-todos, mas o coitado não respirava mais.

Maldisse a necessidade de ostentação de riqueza que enganava os passarinhos, aquele verde e aquelas flores coloridas na parte de dentro da rica parede de vidro.

O motoboy estava confuso. Ia embora e deixava o corpo ali ou o levava para enterrar na volta para casa, à noite? Precisava resolver rápido porque já era hora de retomar o corre, ainda tinha cinco tarefas a cumprir antes do almoço.

Decide levá-lo para um enterro digno. Enquanto estuda a melhor forma para acomodar o corpo na mochila recebe uma bicada leve na mão. O motoboy sorri e se lembra da crônica de Drummond lida na escola, aquela em que o passarinho ressuscitava. Qual nada.

A bicada partira de um pássaro tristonho que velava o corpo e ele não tinha percebido. A bichinha, ele já achava que a falecida era uma passarinha, não era sozinha na vida. Isso, por um lado, era bom, mas, e se tivesse uma ninhada e o companheiro estivesse ali pensativo, sentindo a dor da perda e também ruminando o futuro dos filhotes desamparados? Diante de tanta dor imaginada, o rapaz abraça o capacete e desaba no meio-fio. Despeja muitas lágrimas, quase tantas quanto o número de colegas perdidos em acidentes de trânsito.

Acorda das lembranças quando pingos de chuva espetam-lhe o rosto. E quem continuava ali, de guarda? O passarinho, aparente viúvo. Compreende que não seria justo levar o corpo do local. Também não podia deixá-lo na calçada porque seria chutado, esmagado por pés desatentos, ou mesmo varrido pela limpeza urbana e triturado junto com o lixo.

Não, a passarinha merecia um final digno. O jeito era explicar a situação ao viúvo e fazer uma proposta. Explica. O viúvo aquiesce, grato, pois ele mesmo não sabia o que fazer. O motoboy olha para os lados, certifica-se de que ninguém o observa, arranca uma planta da jardineira mais próxima, faz um buraco, deposita o corpo e coloca a terra em cima, com o máximo cuidado que a pressa permite.

Já perdeu muito tempo de trabalho, limpa a mão na calça, despede-se do viúvo, acelera a moto e vai embora. O passarinho fica por ali bicando a terra e querendo se enterrar junto com a amada.

One people, one love!

A voz forte e afinada brotava não se sabia de onde. Era um grito, um uivo, um lamento. O registro de uma existência.

Conhecida era a levada do Reggae. Ecoavam confusos pedaços da letra filiada à tradição Bobvariana. Parado na sinaleira/rico observa o mundo/limpador de vidro vira mundo pra sobreviver no caos.

Desacelero e olho à volta para descobrir quem canta na manhã ensolarada de domingo. O monturo de lixo se mexe. Emerge de lá, pulando ora numa perna, ora noutra, uma mulher de dreads grossos, pele negra curtida de sol e gordura das sobras dos restaurantes, roupa de sacos de lixo pretos customizados. Um luxo!

Tiro os óculos escuros e penso ver Estamira, mas, que nada, é Arthur Bispo e seu rosário desfiando (en)canto para não enlouquecer.

Passarinhar

Para Martha Rosa

Os dias eram vividos alimentando-se no repositório de amor deixado por você. As pequenas tristezas, as grandes alegrias. O otimismo como ferramenta primeira. O entusiasmo como motor da vida.

Uma visão atemporal do passarinho pousado na copa de uma árvore, aninhado num galho próximo à cachoeira, refrescando-se, enquanto os olhos se perdiam na queda d'água e vinha a compreensão de que saudade é o amor que fica, e você, você é o amor que brota.

Ora iê iê ginga!

Para Dudinha, Pai-grande

Ginga beleza destreza alegria trapaça arruaça.

Gingar é massa, argamassa do jogo. Ora fogo, possível malogro, ora água, caminho sem mágoa. Deriva que espalha, espanta, encanta e ludibria. Água que finge ser mansa e é redemoinho. Força motriz do moinho da roda.

Não é moda, modelo, fôrma. É singular malandragem. Coragem para ostentar alteridade e manter a identidade, porque a ginga é assinatura da angoleira. Guerreira em luta com o abebé nas mãos para flagrar o adversário desprevenido, voltar o espelho para o Sol e cegá-lo. Sem pancadaria. Sem derramar sangue, valendo-se do movimento leve e malicioso de chamar o Sol para usar a força do outro contra ele próprio.

A ginga mata alimentando o ego do adversário que julga apenas dança e drama, o que é trama, enredo, estudo, planta baixa do golpe vindouro. É ouro, a ginga. Pedra preciosa e luzidia. Ora pepita grande que enriquece o minerador bruto, ora pequena, escondida no cascalho, mas de imensa valia para o minerador sábio.

É mesmo oxúnica, a ginga. Contam que Ogum, depois de mais um destempero que o levara a decepar a cabeça de muitas pessoas inocentes, escondeu-se na mata, envergonhado. Não mais trabalhava, imerso em remorso e sofrimento. Como resultado, as pessoas na vila padeciam, pois, quando o fogo silenciava na forja de Ogum, e isso acontecia vez ou outra quando a ira o tomava, não havia ferramentas para cultivar a terra, não havia armas para a guerra, não havia tecnologia. Debalde os súditos tentavam se aproximar dele no coração da floresta. Ele não atendia a ninguém.

Só Oxum, menina graciosa e arteira, enviada pelos mais velhos, conseguiu aproximar-se daquele coração de menino frágil e turrão. Oxum cantou, dançou e encantou Ogum.

Oxum se exibiu de frente para o Guerreiro, seduzindo-o, ao tempo em que caminhava de costas até chegar à vila. Ogum a seguiu, sem controle de si mesmo, e ao acordar do encantamento foi recebido em festa pelos súditos, que o convenceram a ficar.

O funcionamento da engrenagem do mundo é retomado com a volta de Ogum, e a ciência floresce outra vez, a partir da ginga de Oxum que o trouxe para os seus.

Há quem diga que a ginga é exúnica, talvez! Mas a quem Exú se curva senão a Oxalá e a Oxum, a mãe que o acolhe e guia? Não seria a ginga uma prática oxúnica, a partir da qual o capoeira (a mulher também) exuzilha o adversário?

Assim, desde que Oxum, dona da vida, permitiu que o mundo fosse mundo, a água fertiliza a terra e a ginga movimenta a roda.

O homem da mudança

Era a segunda vez em oito meses que Seu Nelson carregava aquela mudança. Na primeira, fora contratado pela empresa do Pereira filho, na segunda, pela empresa do Pereira pai.

Homem negro de bigode, de olhos fundos, vestia o mesmo conjunto de calça bege, camisa cinza e cinto escuro, que apertava a roupa em suas carnes magras, nas duas vezes. Aqueles músculos deviam ser muito fortes para aguentar tanto peso, ou seria a necessidade a geradora da força?

Interessante era que ele trabalhava de sapato, o da primeira mudança, preto, o de agora, marrom. Em comum, ambos pareciam ser um pouco maiores do que seus pés. Eu pensava como aqueles sapatos deveriam ser desconfortáveis e me perguntava por que ele não usava tênis, de preferência com amortecimento para impacto.

Quando ofereci bananas, ele aceitou de pronto. Disse que quando saía de casa para carregar caminhão sempre comia uma banana, porque tinha muita proteína. Falei sobre o potássio, o efeito nas câimbras. Então, conversamos sobre câimbras e ele contou dois casos de gente conhecida que morrera afogada por conta de contrações musculares que as impediram de nadar.

Diante das centenas de livros carregados ele já havia brincado: quem disse que o conhecimento não pesa é porque nunca carregou uma caixa de livros da senhora. E riu seu riso de poucos dentes bons.

A mudança já estava na fase das caixas mais leves, que não chegavam a ser propriamente frágeis, essas já haviam seguido para lugar específico do caminhão, e seu Nelson me perguntou o que havia em determinada caixa. Olhei e não me lembrei só de olhar. Pedi a ele que lesse o que estava escrito no papel pregado na parte de cima. Ele, intimidado, disse, onde, aqui? E firmava a caixa no joelho com uma mão enquanto passava a outra no papel, que não estava amassado. Eu, displicentemente, disse, sim, seu Nelson, leia aí.

Ele não leu. Passaram-se uns segundos eternos de silêncio até que me desloquei para identificar a caixa da impressora. Essa lembrança aciona minha casa do desassossego todas as vezes que alguém menciona o peso do conhecimento.

O homem azul do deserto

Bodô, meu irmão, descobri sua origem. Você é Tuareg! Tuareg do Vale do Jequitinhonha.

Como descobri? Por um acaso estelar. Pera que te conto. Escrevi o livro do Manu, um menino que pescava estrelas no céu do Mali, do Burkina Faso, do Níger, de algum lugar por ali. Coisa que para nós, de Minas, gente que não tinha mar antes da lama em Mariana, era a invenção mais natural do mundo.

Pois bem, o desejo de Manu pescar estrelas foi inspirado por lenda do povo Tuareg, que diz que os Homens Azuis do Deserto quando se perdem nas areias profundas do Norte da África espetam uma estrela com a lança e ela os guia no caminho de volta.

Tá! Não entendeu ainda por que você é um Tuareg e ainda menos por que eles são azuis? Calma, moço! Já explico. É o seguinte, os Tuareg são um povo nômade que vive na região onde se passa a história do Manu. Eles usam aquela túnica comprida de mil e uma utilidades que protege do calor escaldante durante o dia e do frio cortante das madrugadas no deserto. A túnica é azul e quando o usuário transpira, umedece a tinta, uma espécie de anil. A cor impregna a pele, deixando-a com tom azulado. Por isso, há séculos, eles são conhecidos como os Homens Azuis do Deserto.

Agora, você é um Tuareg porque encontrei outro Tuareg

que é idêntico a você. A mesma pele acobreada, os mesmos lábios de café, os cílios grandes e espessos que dão um charme especialíssimo ao olhar. Sério, mano! Vocês parecem gêmeos.

Quer saber como conheci um Tuareg se nunca estive pelo Norte da África, não é? Foi numa das Áfricas brasileiras. Viajávamos de Salvador para a Boa Morte, em Cachoeira, e nos cruzamos na rodoviária. Do deserto para o Paraguaçu.

Uma amiga comum nos apresentou. A princípio rolou uma tensão. Eu e minha velha mania de tentar identificar a origem das pessoas pelo sotaque. O dele tinha uma coisa rascante em algumas sílabas que lembrou Bernd, amigo alemão. Vixe! O homem virou bicho. Alemão, eu? Não deixei por menos. E os alemães negros? Não sabia da existência deles? Antes que começássemos a brigar, a Silvane jogou água e disse que ele era Tuareg. Rapaz, foi uma emoção enorme, e de imediato me lembrei de você.

Baixamos as armas, conversamos um pouco. Eu falei do Manu e disse que só havia visto homens Tuareg em cima de camelos imensos, na televisão, e talvez por isso imaginava que eles fossem muito altos. Mas até na altura se parecem contigo, Bodô. São pequenos, do nosso top, os Banto.

Por fim, perguntei de que país ele era e veio a resposta que só poderia vir de um africano de pensamento descolonizado. Eu sou Tuareg! Meu passaporte é do Mali.

De quebra compreendi o imponderável. Do que falo? De

você, meu amigo. De suas escolhas futebolísticas. Homem preto, mineiro, sertanejo, tamborzeiro, de esquerda e não é atleticano. E por mal de todos os pecados, é cruzeirense. Só pode ser reminiscência da origem Tuareg. Saudações alvinegras, meu irmão.

O homem que costurava

O coletivo rodava, cheio. Depois de manejar a entrada dos trutas que ainda cabiam, o cobrador ordenou ao motorista que fechasse a porta. E que só abrisse para o pessoal sair.

Ele ria para si mesmo, enigmático. Válvula de escape à tarefa inglória de colocar o Amazonas dentro de Minas Gerais? Algo insólito acontecera no ônibus e só ele, o cobrador, percebera?

Basta um gesto e o mistério se desfaz. O cobrador enfia a mão numa sacola de pano depositada no colo. Pega um pedaço de linho alvejado. Tem um arco de bambu como suporte do tecido. Ele analisa o desenho e retoma o ponto de cruz da posição em que havia parado.

O moço era da estirpe dos profissionais que fazem as maravilhas das escolas de samba; dos babalorixás que ensinam as mulheres da casa a fazerem as roupas de festa com todos os detalhes exigidos pela nobreza dos Orixás que as vestirão.

Lampião também bordava. Desenhava as roupas, chapéus e alpercatas do bando. Depois de morto, entre seus utensílios pessoais acharam uma pequena máquina de costura.

O cobrador é o Tidjane de Hampâté Bâ no torniquete do Beiru. Eu me pergunto se uma Kadja o espera em casa, pronta para circular pelas ruas do quilombo a comercializar as peças bordadas por ele.

O homem de camisa vermelha

O vermelho inundava a cidade. Festa de Santa Bárbara. Pelas matas, comida arriada para Iansã. Nas ruas, um ou outro espetaculoso dava santo, e os mais experientes na religião meneavam a cabeça daquele jeito duvidoso que deixa você sem saber se estavam rindo ou desaprovando.

O padre salpicava água benta de Santa Bárbara no ambiente e quando respingava no povo era frequente ouvir baixinho "Eparrei Oyá"! Era também comum uma mão espalmada e suspensa pouco acima do ombro, logo convertida no sinal da cruz.

A multidão rezava fervorosa e festeira. A chuva ameaçadora caiu e a igreja se tornou o abrigo mais cobiçado. Fiéis se deslocavam no passo das horas, resignados, até chegar aos pés da santa. A visitante, extasiada, registrava cada detalhe da fé transbordante.

A três metros do local de consagração da Santa passou uma mulher agitada e avisou para que as pessoas tomassem cuidado, um homem de camisa vermelha estava batendo carteiras. Como saber quem era o sujeito? Tudo era vermelho à volta.

Chegou sua vez de postar-se ao pé da Santa. Tocou-lhe um lugarzinho ao lado de um jovem senhor, cuja introspecção já havia merecido uma fotografia. A posição dele é bem confortável, os braços descansam abertos à beira do andor e a cabeça pende pescoço abaixo. Ela segue o exemplo do homem, fecha os olhos para conectar-se completamente com o Altíssimo. Terminada a oração, sai da igreja nos mesmos passos lentos da entrada, mais rica e alimentada pela fé coletiva.

O Sol reaparecera e ela leva a mão à blusa para pegar os óculos escuros. Não estão lá. Olha dentro da bolsa, também não. Foi furtada dentro da igreja. Que chato.

Paciência! É o que recomenda a si mesma. Entrega-se ao deleite de revisar as fotos, repara que registrou uma sequência do rapaz concentrado, em oração. A primeira, vocês já conhecem. Na segunda foto, só o braço esquerdo do fotografado apoia-se no oratório, o direito rente ao corpo, discreto. Na terceira imagem, a câmera flagra a mão direita dele na bolsa de outra senhora compenetrada. Nessa hora ela entende tudo. O homem de camisa vermelha.

Manera FruFru, manera!

Domingo, no horário da preguiça em bairros de periferia, tem sempre um vizinho que põe os vibratos rascantes do Fagner no volume máximo da vitrola.

Quando estão envolvidos nas atividades de higiene semanal do veículo de quatro rodas, o dia ensolarado, vestido de saudades vivas, ressuscita cartas mal vividas e camas repartidas. A gente tenta de toda maneira se guardar do sentimento ilhado, morto e amordaçado, mas o vizinho toca Fagner, o barítono popular mais popular dos anos 1970, e o sentimento volta a incomodar.

E a máquina do tempo te leva para as tardes de domingo da adolescência na casa das amigas mais velhas, no Parque São João, onde você conheceu Fagner. E como ele não tocava no rádio ainda, era um pavão misterioso recentemente chegado do Ceará, aos seus ouvidos de Sudeste caipira você o confundia com Ednardo, que tinha música na trilha da novela.

O vizinho repete a música duas, três vezes. Você conhece essa ladainha. A canção tem endereço certo, um coração que o feriu no passado, um coração que o fere no presente, um coração que o ferirá no futuro, porque o amor é sempre a crônica de uma morte anunciada (e sofrida).

Ou a canção é destinada ao próprio coração do saudosista, uma espécie de trilha sonora balsâmica para cicatrizar feridas antigas e persistentes. Porque essas dores, Fagner, afinal, sempre voltam a incomodar.

Dia das namoradas

Nesse dia das namoradas, como no restante do ano, você pode escolher entre falar de amor ou de relações comerciais. Vamos aqui inventar o amor, que a sociedade do consumo já está com a vida ganha.

Amar é... passar a ferro o vestido da amada, quando não se gosta de passar, só para aliviar a pressa dela, que não gosta também de fazê-lo e está atrasada para o trabalho.

Amar é... compreender que o sangue da mulher amada tem cinco componentes: hemácias, plaquetas, leucócitos, polvilho e queijo. E sair pela cidade pouco conhecida, durante a chuva, à cata de um pão de queijo decente, quentinho, que lhe aplaque a crise de abstinência.

Amar é... aguardar ansiosa a próxima partida de futebol na TV só para ouvir os comentários dela. "Amor, quem é que tá jogando?" "O Barcelona"... "Ah... o time do Neymar". "Sim, o time do Messi". "Humm, sei, aquele baixinho que dizem que bate um bolão". "Não, preta, tudo o que dizem dele é verdade. Ele joga muito". "Joga nada, esse pessoal é comparsa dele"!

Na TV, Messi, o simples majestoso, passa por dois adversários, deixa o terceiro no chão, torto, e, por fim, leva uma botinada do quarto, um brasileiro recém-chegado à Espanha, vindo do futebol inglês. Permanece de pé, mesmo trôpego, corre e mantém a bola coladinha ao pé. Conclui a jogada num passe açucarado para um companheiro qualquer fazer o gol.

Singela, a amada arrebata: "esse pessoal da Europa deixa ele jogar, olha pra isso! Por que é que ninguém parou o sujeito? Quero ver jogar bem aqui, na série B do brasileiro".

Obegê, Recife!

Vem pessoal, vem moçada! Carnaval começa com o Galo da Madrugada. A cidade se enfeita e um galo enorme é colocado na Ponte Duarte Coelho. O Galo já saiu? Vamos gente, que o Galo vai sair. É o que se ouve nas brincadeiras. O Galo só volta para o ano e ainda tem sulista e sudestino estacado na ponte, aos pés do Galo, esperando que ele saia.

Começa com o Galo, mas os Maracatus de Baque Virado fizeram a abertura oficial regidos por Naná. Os tambores apresentaram o que não ouviríamos em Olinda. Lá predominarão os grupos percussivos autodenominados maracatus. Os verdadeiros são estrelados por rainhas, reis, tambores falantes, Calungas, e a figura misteriosa e imperativa do Caboclo de Lança, o mais fascinante. Todo aquele colorido agigantado, os sinos às costas, de barulho agudo e ritmado, evocando na gente segredos que os caboclos que moram dentro da gente reconhecerão.

O Maracatu Rural é ainda mais intrigante, e entre versos bobos de louvação ao prefeito ou ao secretário de cultura que pagaram o transporte dos festeiros até a festa urbana, ofertaram garrafas de água e lanche chinfrim, escapam versos cortantes e irônicos, como os que definem o Big Brother como o cabaré global.

Os mistérios prosseguem na Noite dos Tambores Silenciosos, no Largo do Terço das tias imortalizadas, guardiãs da tradição do culto aos ancestrais. Por falar em religiosidade de matriz africana, reverencia-se por demais os iorubá nos discursos militantes, nas abordagens acadêmicas, entretanto, respiramos ares e cores banto por todos os cantos, encantos e esquinas de Recife.

Lenine dá o ar da graça na noite iluminada, e é tão simples, tão acessível, tão humano que o fã nem repara na mão estendida para cumprimentá-lo, nos olhos que miram seus olhos. O fã nada quer trocar com o artista, deseja apenas uma foto que o registre no universo das celebridades para postar na rede social.

O Batucafro de Naná lembra o Rumpilezz de Leitieres, em menor escala, embora diferencie-se também pelo canto e pelo grande número de mulheres como musicistas, além do regente, nada menos do que Naná Vasconcelos. Existe mesmo um universo sonoro imenso a explorar no diálogo entre tambores e sopros.

Martinho canta e dança como um menino. Chico César leva a massa ao delírio. Rita Benneditto encanta. Gil é cadenciado e terno. Alceu põe fogo no mundo, e Elba, ah, Elba, é o sol a pino do sertão paraibano chamando a chuva, é força da natureza. Reginaldo Rossi é espírito imortalizado na voz saudosa e sorridente do povo.

O frevo lírico, já na ressaca do sábado, é a coisa mais linda de se ver. É ele que me fará cantar em carnavais vindouros: voltei Recife, foi a saudade que me trouxe pelo braço...

Boleros

Na Vila Planalto, os vizinhos tocavam Fagner dos anos 1970, deixando-a nostálgica nas tardes ensolaradas de domingo.

Os de agora, do Politeama de Baixo, são mais cruéis. Têm vinis antigos e tocam Altemar Dutra, o atemporal, que entre outras lembranças traz a de mãe, que o escutava aos domingos.

Coitados, eles não têm culpa. Não podem imaginar o quanto os boleros, ainda mais no inverno, cutucam as tristezas de um coração escondido entre livros e um teclado.

O gol de Maurício Mauro

O riso da mulher era leve e vitorioso quando mais uma jornalista invadiu sua casa para perguntar sobre o gol-sensação do filho. Um menino de 19 anos, negro, filho da mãe, mais um dos que encontram no campo de futebol o infinito negado pela vida.

O tiro alcançou a velocidade de 119 km por hora. De fora da área o artilheiro iniciante acertou o ângulo do goleiro. Bateu com o lado de fora do pé e a bola foi dormir no ninho da coruja. Teve comentarista destacando a má sorte do goleiro, que pulou na direção certa, mas não alcançou o petardo. Que nada, o tiro do menino foi mesmo indefensável.

A jornalista insistia: "foi o primeiro gol do seu filho no profissional, uma marca que vai ficar para sempre, um gol fantástico! A senhora não está emocionada?" "Estou, querida, estou!" A mãe respondia serena, e sorria, sorria, sorria.

Insatisfeita, a entrevistadora tentava extrair comentários sobre a provável trajetória de labuta e dificuldades das famílias negras daquele porte, uma mulher simples e seu filho. Um conteúdo de superação vestiria bem a matéria, mas a entrevistada não colaborava. Esporte é superação, ela aprendera na cadeira de jornalismo esportivo, principalmente quando praticado por pessoas humildes. A mãe do artilheiro precisava ajudar no cumprimento do roteiro. O problema é que a jornalista não imaginava como a mãe do jogador era dura na queda.

Ela tinha tanto viço guardado, rizoma espetacular de alegria, que não haveria lágrima forçada por jornalista formada pelo vício de destacar o sofrimento dos negros capaz de macular aquele sorriso.

O conto do Messi chavista

Comi a primeira mosca do ano. Enorme. Tratava-se de imagem do Messi comemorando gol. O argentino levantava a camisa do Barcelona e por baixo tinha outra com imagem do Chávez.

Mesmo não sendo chavista, adorei. Era tapa de luvas nos colegas de futebol alienados e na mídia que queria matar o Chávez a todo custo. Postei a imagem, sem nem lembrar que o Barcelona não havia jogado por aqueles dias.

Para minha sorte e proteção, um rapaz do Texas fez troça da postagem apócrifa reproduzida por mim e contra-atacou com o Messi comemorando gol e homenageando a ele, autor da postagem. Rapidamente, tirei o mico de campo.

Eu me vangloriava de não ter caído na esparrela da crítica apressada ao Morgan Freeman, que teria feito um discurso pós-racismo. Sei que o afro-estadunidense médio tem consciência racial igual ou superior a muitos líderes afro-brasileiros, notadamente os facebookianos de primeira geração. Para completar, alguém mais lúcido mostrou que se tratava apenas de fala descontextualizada do ator.

Também escapei ao fim do mundo dia 12 de dezembro de 2012 por dois motivos. Primeiro porque eu não sabia que o mundo acabaria, segundo, porque achei de mau gosto o grosso da pilhéria sobre o caso. E no entardecer do dia estapafúrdio, cuja invenção foi atribuída aos Maia, os Zapatistas de Chiapas, seus legítimos herdeiros, depois de uma manifestação que reuniu milhares de pessoas silenciosas México afora, disseram: "escutaram? É o som do mundo de vocês desmoronando. E do nosso ressurgindo."

Niemeyer e Neymar

A cronista desconfia da perseguição à celebridade em declínio que lamenta a morte de Neymar, parente mais próximo de Niemeyer que seu entendimento do mundo consegue alcançar. Ela não é a única, uma infinidade de gente deve ter confundido o arquiteto centenário e o garoto bom de bola.

Ocorre que essa gente toda não postou lamento choroso em redes sociais. Essa gente, como a celebridade, frequentou uma escola que não ensina quem foi Niemeyer e é ela, a escola, o principal agente de formação sociocultural dessa galera, sem contar a TV. Deixem a moça em paz, o som dos nomes é mesmo parecido e quando a pessoa não tem qualquer noção de história da arte, troca um pelo outro sem esforço.

Ademais, Neymar é o maior produto de marketing da história do futebol brasileiro e um dos mais significativos do futebol mundial.

O burburinho não tem fundamento, é só mais um jeito de desancar a moça que aprendeu a ganhar a vida com a beleza do corpo e o balanço da bunda, como se ensina a tantas desde tenra idade nos programas televisivos.

O brasileiro comum e o bumbum do Hulk!

O mundo masculino em suas versões machista e masculinista estava em cólicas. O motivo? Um belo espécime do gênero era oferecido na vitrine exibicionista dos corpos. Milhares de fãs destacavam uma das partes de seu corpo atlético, as nádegas avantajadas, desenhadas e bonitas, incomuns aos homens ordinários.

Mas, sejamos sinceras, a bunda era apenas uma parte do desejo. A mulherada heterossexual queria degustar centímetro por centímetro do corpo do boleiro Hulk e também as características outras que contribuíam para aumentar o fetiche despertado pelo guapo. Sua tranquilidade para falar; a sagacidade para responder a questiúnculas de repórteres que tentavam debochar de nordestinos; certa timidez quando seu sex appeal era abordado nas coletivas de imprensa; uma economia nos gestos, em contraste com o corpo enorme; a lealdade na hora do jogo, ao escolher não pisotear o adversário valendo-se de seu porte físico descomunal. Ao final, quando se trata de seara sexo-afetiva, a maioria das mulheres quer saborear o todo, mesmo que enfatize parte.

Os machistas que as criticavam estacaram na pré-adolescência, quando perscrutavam o pênis do vizinho no mictório para comparar o tamanho. Mostraram-se coléricos, enciumados e invejosos frente a mulheres que ousaram publicizar um desejo que não passava pelo corpo deles. Conseguiam achar que "tinham tudo" o que Hulk tinha e que as mulheres que endeusavam seu corpo e o admiravam "sofriam de falta de homem." Falta que, no ápice do transe, eles achavam que poderiam suprir, já que, para eles, bastava ter um pênis.

Por sua vez, os masculinistas, machos com algum verniz intelectual, sacaram um papo de que as mulheres não poderiam mais reclamar da objetificação do corpo da mulher, uma vez que estariam objetificando os homens ao enaltecer a bunda do Hulk. Raciociniozinho torpe. Como é possível opor uma ação isolada ou pequena, ínfima (mesmo que certo número de mulheres transforme homens de clubes de mulheres e festas privê em peças de carne para fantasiar, morder e beliscar) a décadas de reificação do corpo da mulher em revistas e cines pornôs, na publicidade de produtos consumidos por homens nos campos de futebol e outros esportes nos quais os homens predominam? Décadas de esquartejamento do corpo da mulher para consumo in natura.

Outra vez se manifestou o falocentrismo e a presunção de que para satisfazer uma mulher (independentemente de sua orientação sexual, inclusive) qualquer corpo de homem sirva, desde que tenha um pênis, ainda que em precário estado de funcionamento, higiene e conservação.

Entretanto, para salvação das mulheres heterossexuais,

nem todos os homens são tolos alocados nesses dois grupos. Existem os homens transversalizados pelo feminismo que não se sentem intimidados pela corporeidade fulgurante de outro homem, não estão nem aí para isso. Estão seguros do seu próprio repertório. São homens que não se importam que as mulheres, mesmo as que estão a seu lado, desejem outros homens, porque, afinal, eles também desejam outras mulheres e isso é uma questão íntima de cada pessoa. Homens que compreendem que as mulheres têm o direito de tornar públicas suas fantasias, predileções. De explicitar seus desejos, de dar nome ao que gostam e como gostam.

Homens que riem dos machos que ao ler essa crônica vão chamá-los de "viados" e afirmarão que homem-macho que se preza continua querendo a mulher no chinelo. Enquanto eles, os homens bacanas e que gostam (mesmo) de mulheres, continuarão a querer vê-las felizes e satisfeitas.

O zelador

Cheguei a casa apressada, louca para tirar a fantasia de funcionária pública e vestir a capa de escritora, quando o zelador me interceptou, como se tivesse um envelope dos correios a entregar.

— O Dr. Amaurílio falou que os caras da internet vêm na segunda-feira. Ele insistia em chamar o patrão desse híbrido de Amauri e Maurílio.

— Que bom! Já tem 10 dias que eles estão vindo e nunca chegam. Notando que não havia encomenda alguma, eu armava o passo para ir embora quando ele soltou esta.

— A mulher foi embora.

— Que mulher?

— A minha, uai!

Do escaninho mental do enfado recupero num segundo a cara de infelicidade da mulher, mas fico calada, porque o assunto, para ser sincera, não me interessava. Jacaré, meu interlocutor, percebe que não vou dizer nada, mas não quer deixar escapar meu par de ouvidos e continua.

— Pois é! Ela me largou e agora eu tô solteiro de novo. É, porque ela é a segunda mulher que me larga. Eu sou novo, mas já casei duas vezes. Eu tava solteiro quando arrumei ela. Daqui a pouco arrumo outra. Mulher é que nem banana, dá em penca.

— Ui! Exclamei do fundo da garganta.

— O que foi? Ele pergunta. Tá sentindo alguma coisa?

— Não, nada não. É que imaginei a penca de bananas caindo em cima da sua cabeça. Faria um estrago feio.

— Olha, a senhora não brinca que a coisa é séria. Quando uma mulher me larga, larga uma vez só, aí vá se lascar pra lá. Tem quatro dias que ela foi embora. Levou a menina e tudo. Levou a geladeira, a cama nossa, a cama da menina, a poltrona e o guarda-roupas. O fogão eu não deixei levar, porque fui eu que comprei. Seis bocas! Era o sonho da vida dela. O resto ela já tinha do primeiro casamento mesmo. Sábado já me ligou, cinco vezes. Eu reconheci o número e não atendi. Não falo mais com ela.

Procurando um jeito de encerrar a conversa, eu pergunto: — mas, e se ela ligou para falar alguma coisa da menina? Vocês não têm uma filha juntos? Ela podia estar precisando de alguma coisa...

— Ela que se dane, dona.

Mas, e a menina?

— Que se dane também. Preferiu ficar com a mãe, agora aguente.

— Jacaré, a menina era aquela que eu via no pátio com o carrinho de boneca?

— Era.

— Ela deve ter uns seis anos, não é?

— Sete! Já tem sete. É pequenininha, mas já sabe o que

quer. Tem vontade própria e resolveu seguir a mãe, não quis ficar comigo.

— Sei. Ele me olha frustrado e pergunta:

A senhora tá apoiando as duas, é? Mulher é assim mesmo, tudo amiguinha umas das outras. Pensei que a senhora, uma mulher estudada, pudesse me entender. Mas, não, nem conhece a mulher e já ficou do lado dela.

— Oh, Jacaré, eu quase não te conheço também...

— Mas me conhece mais do que conhecia ela. E eu sou moreno, falta pouco para ser moreno como a senhora. Ela era desbotada, quase branca. Diz isso emburrado, falta pouco para chorar.

— Olha, Jacaré, separação é um troço difícil mesmo. Eu acho que você devia procurar seus amigos para conversar, desabafar.

— Que amigo, dona? A senhora acha que eu vou chorar dor de corno com colega homem, pra depois todo mundo ficar mangando de mim?

— E deu de chorar as pitangas comigo, Jacaré? Acha que eu tenho tempo?

— É que a senhora é mulher, tá sempre aí, sozinha, parece que só tem a companhia dos livros. Ontem mesmo chegou mais um pacote que eu esqueci de entregar para a senhora. Eu agora tô solteiro... precisando de alguma coisa, é só chamar.

Você não vale nada, mas eu gosto de você

A casa vivia uma movimentação nova. O marido resolvera atender aos pedidos dela, mesmo achando a obra desnecessária. A filha, arquiteta, dera forma aos desejos da mãe. Cozinha americana, balcão para tomar vinho com o marido e para fazer refeições rápidas na parte de baixo do sobrado. Pintura nova na casa toda, incluindo os quartos, na parte superior.

Dirce estava animada com a obra. Sacos de cimento, areia lavada, latas de tinta, a risaiada dos rapazes que falavam alto sobre mulheres e aventuras sexuais e deixavam o riso frouxo nos momentos mais picantes da conversa.

Os rapazes, aliás, um monte de músculos tesos camuflados pelos farrapos que vestiam,causavam-lhe picos de calor como não sentia desde a menopausa. Eram negros, e dos negros dizem tantas coisas. Ela juntava o que via e o que ouvia e suava como a cinquentona que deixara de ser já fazia vinte anos.

Os rapazes nem notavam a existência daquela mulher, mas o mestre da obra, um sergipano mestiço longe de se achar negro, observava tudo. Ao longo do dia, enquanto o dono da casa trabalhava na banca de revistas frequentada pelas moscas do centro velho, o mestre puxava conversa com Dirce.

Deixou o "dona" de lado e passou a chamá-la de vovó. Perguntava: A senhora sabe a diferença entre areia-areia e areia lavada, vovó? E explicava, com ares de professor. Interessava-

-se pelas coisas do mundo doméstico. Estou vendo a senhora picar um monte de verduras, vovó, que comida gostosa vai cozinhar hoje? E fazia também mil perguntas sobre detalhes da obra e satisfação da cliente. Sempre atencioso.

Numa manhã qualquer, quando o mestre teve certeza de que Dirce ansiava pelas atenções dele, mesmo que ainda tivesse os olhos vidrados no corpo dos ajudantes, fingindo-se distraído chamou-a de você. Deu certo. Ela gostou. Sentiu-se rejuvenescida.

Daí em diante ele não mais a chamou de senhora. Começou também a fazer perguntas mais pessoais, coisas sobre a mocidade, sobre a vida antes do casamento, antes dos filhos.

Dirce cantava. Era afinada, porém, excessivamente dramática. O repertório eram as músicas do Cd Per amore, da Zizi. Parecia que se imaginava nas gôndolas de Veneza, nas quais navegava na proa das fotografias.

Renovada, numa noite quente cantou um hit do rádio que destoava da seleção habitual. Forró com letra de duplo sentido que aconselhava à mulher da canção, "chupa que é de uva" e logo em seguida, "chupa que é de menta".

O marido achou que naquela fumaça de mudança de repertório havia fogo de mulher escondido. Agarrou-a pelas costas naquele encaixe grosseiro de furadeira empenada. Ela respondeu no susto, com um pisão no pé do homem, bem naquele calo que não lhe permitia mais usar sapatos, só sandálias franciscanas. Para completar, Dirce derrubou o copo do liquidificador em que triturava os ingredientes do molho pesto. E para piorar tudo, fez-se de desentendida face à investida sexual do marido.

Na noite seguinte, Dirce cantou o mesmo forró enquanto preparava o jantar. O marido, vingativo e infeliz, cantou de volta: Você não vale nada, mas eu gosto de você/Você não vale nada, mas eu gosto de você/Tudo o que eu queria era saber porque...

O outro dia começou como sempre começavam os dias. Ela colocou a mesa. Ele tomou o café forte. Despediu-se dela com um beijo melado na testa. Dirce, que sempre disfarçava para secar a testa babujada, dessa vez o fez na frente do marido.

Às 6:45 ele saiu de casa. Foi caminhando seu passinho pesado até a banca. Aos poucos, venceria os dez quarteirões.

Às 7:00, a dona da casa ouviu um assovio. Era o mestre de obras. Ele entra, dá bom dia. Ela se frustra um pouco, esperava um afago qualquer. Ele avisa que liberou os meninos para chegarem às 8:00. Mentira, combinou com eles de darem as caras às 9:00, mas era bom a velha achar que o tempo era curto.

Conversaram assuntos diversos regados a risos nervosos e ansiosos da parte dela, gargalhadas do outro lado. Ela percebe uma cicatriz na coxa peluda. O mestre coloca a mão da vovó sobre o queloide. Isso foi um coice de jumenta, explica. Conta que foi enrabá-la e a bichinha se assustou. Com o quê?

Ela pergunta. Espera aí que já lhe mostro, vovó.

Os dois já eram um corpo só, ela na frente, ele atrás, desajeitados sobre a pia da cozinha. Alguém abre a porta da sala. Os meninos não eram. É tudo o que ele consegue pensar. Falta o ar, o chão. Falta tempo para raciocinar.

Quando o marido vê a cena, grita sem surpresa: Francamente, Dircinha, pensei que você já tivesse sossegado esse fogo no rabo! Mas com um paraíba? E pam! Pam! Bate a porta.

O padre pop

A moça cheia de destreza burla a segurança desatenta e se joga nos braços do padre-galã. Chora desesperada. Ele a consola. A cabeça dela recosta-se no peito malhado do padre e umedece a camisa feita sob medida para destacar o peitoral maior.

A música está terminando e ele precisa decidir como incorporar a moça à performance. Fala alguma coisa no ouvido dela, que sussurra uma resposta, já mais calma. Então, ela pega o microfone, confiante. Ele, com sorriso fraterno, a incentiva a falar.

A moça discursa entre soluços: "padre furustreco, não é justo o que o senhor faz conosco, mulheres de família, contrárias ao aborto, tementes a Deus, à espera de homem-príncipe, gentil e cavalheiro que nos retire a virgindade, tão cara para nós quanto o voto de castidade feito (e mantido) pelo senhor. Padre, o mundo precisa de homens como o senhor, íntegros, verdadeiros e bonitos! O senhor é lindo! É um desperdício que seja padre. O senhor me desculpe pela sinceridade e ousadia, é caso até para pedir perdão a Deus, e eu peço, mas, como eu, muitas moças gostariam de ter a chance de desposá-lo, de ter filhos lindos como o senhor".

O padre sorri um riso premeditadamente tímido. A audiência divide-se nas reações. Muitos acham cômico o depoimento, alguns o consideram inadequado, outros acham que a moça está histérica e precisa de internação ou de casamento. O padre, a princípio condescendente, silencia por alguns segundos, enquanto matuta o seguimento da performance. Resolve direcionar as mãos para o céu (um auxiliar de palco corre para acertar o microfone de boca) e aguarda um pouco enquanto a iluminação divina o toma e a plateia se harmoniza, e exorta: "oh Deus-pai-todo-poderoso, conforte o coração desta filha aflita para que ela entenda que Deus não escolhe apenas os feios e imperfeitos. Deus também precisa dos belos e perfeitos para realizar suas obras".

As ovelhas-ovelhas aplaudem em frenesi. Que presença de espírito! Que inteligência e perspicácia do padre-galã.

As ovelhas negras, subsumidas no mundo convencional das ovelhas, se perguntam onde, gotas de sabedoria e compaixão no lamaçal do coração narcisicamente humano do padre best(a) seller?

Elza Soares, a voz e a máquina

Um comentário frequente ao final dos shows de Elza Soares é que além do alumbramento de sua música e de sua voz em nós, sua performance, como artista completa, como mulher do fim de um mundo e anúncio de outro em que gostaríamos de viver depois daquele momento fugidio do espetáculo, nos assoma e nos convoca.

Elza Soares é mesmo uma diva. Um ser além desse tempo e, sim, projetada por seu corpo, hoje fragilizado e merecedor de mais cuidados. Senhora de um rosto em que se flagra tensão e dor física aparente no início da apresentação. O mesmo vemos no semblante de Beth Carvalho, também com problemas de coluna. Mas, em ambas, o anestésico do canto, da música que toma conta de tudo parece ter efeito lenitivo e revigorante.

E Elza transcende, transborda, quando coloca amão delicada na frente do rosto para proteger-se dos flashes dos malditos celulares e canta: Você abusou/tirou partido de mim/abusou. E a idiotada dos celulares não entende, insiste na luz artificial emitida pelo aparelho, e ela, com a mão, outra vez sinaliza que o flash a agride, e dessa feita nos chama para cantar (quem sabe, assim, a plateia mal educada se toca): Você abusou/tirou partido de mim/abusou.

Elza é tudo, é o todo, e toda se entrega à nossa leitura, como Lazzo Matumbi nos mobiliza: minha pele é linguagem/e a leitura é toda sua. Elza é dona de nós, do melhor de nós, e por isso a amamos tanto. Assim como amamos Mandela, o grande espelho da liberdade.

Elza sabe disso, e quando nos chama de irmãos e irmãs é algo tão de dentro que nos religa com o sagrado que nos sustenta. E não se trata de religião, trata-se de bem-querer, amor universal, generosidade, sabedoria, perdão. Ela, para surpresa do nosso coração duro, perdoou as pedras e os apedrejadores que a perseguiram por décadas. E esse perdão para ela é atitude política, é sua entrega de amor à humanidade. É crença reiterada na transformação das pessoas.

Elza é a Máquina atenta a tudo, ao errinho do DJ que solta a entrada do violão fora de hora. Ela é senhora do canto, não entra errado, não segue o erro do outro, contudo, corrige a rota quando necessário, quando o mesmo companheiro de trabalho, na tentativa de ser simpático, revela-se impávido sudestino e diz que "a Bahia é só festa", que ali o carnaval começa mais cedo e, não contente, conclui que "na Bahia é carnaval o tempo todo".

Elza é a Voz. Ela que hoje é dona de movimentos muito sutis, vira o pescoço de modo lento e grave na direção do colega de palco falastrão e diz apenas: não! A plateia entende e não responde ao músico despeitado, parece ser suficiente perceber que Elza não compactua com os preconceitos regionais e de raça do DJ. Ele se desculpa, sem graça. Elza canta. Seu canto e sua presença iluminada são o melhor da festa. Estamos ali para vê-la, para eternizá-la dentro de nós.

Acompanho Elza Soares desde antes dela se tornar unanimidade, e para vê-la dessa vez aceitei os préstimos de um cambista que aplicou ágio de quarenta dinheiros num ingresso que lhe custara dez (ou que ele conseguira como cortesia). Mas, se é verdade que ladrão que rouba ladrão tem cem anos de perdão, irmão que explora irmã discípula de Elza Soares também deve ter. Salve Elza Soares! A mulher que por meio de sua existência mesma propõe o fim desse mundo de espertalhões.

A menina e a bicicleta

O ano é 2114, e pai e filha passam em revista acessórios bizarros utilizados pelos humanos nos séculos anteriores. Na seção dos escritores há caneta, lápis, borracha, apontador, bloco de notas, caderno pautado, e o mais intrigante, uma máquina de escrever.

O pai explica à criança o funcionamento de cada coisa e esforça-se para dar à menina uma ideia do que seja uma mão, duas mãos, dez dedos, já que aquele povo não tinha mãos. Eles decidiram aboli-las depois de terem analisado tudo de ruim que os terráqueos haviam feito com as próprias mãos.

Depois, a dupla desloca-se até a seção de diversões. Encontram uma bicicleta. A menina escrutina o guidão, os pedais, o banco, as rodas, gira os aros e deliciava-se com aqueles desenhos bonitos e indescritíveis que só os aros das bicicletas sabem fazer.

Mais tarde, na seção de instrumentos de tortura, encontram uma tranca de bicicleta. O pai já pensava em avisar aos educadores do museu que havia uma peça no lugar errado quando a filha chamou sua atenção e, juntos, leram a descrição do objeto: "tranca de bicicleta – no século XX foi usada pelos humanos para fixar a bicicleta em postes ou outros locais enquanto não a utilizavam. No século XXI, alguns humanos deram-lhe outro uso. Passaram a empregá-la para prender o pescoço de garotos negros a postes (principalmente no país chamado Brasil), depois de espancá-los e feri-los a faca, a título de exemplo positivo para que outros rapazes iguais àquele preso nu ao poste não infringissem a lei dos brancos".

Ao fim da visita, pai e filha se perguntavam: o que foi mesmo a humanidade no século XXI?

Iku e o menino que furtava livros

Em A menina que roubava livros, a mãe de Liesel Meninger, personagem principal, era comunista e sofria perseguição nazista. Seus filhos, como ela, várias vezes escaparam da morte no período de 1939 a 1943. A violência se alastrava como erva daninha por todos os cantos da Alemanha e a morte, perplexa diante da degradação humana, resolveu narrar a história de Liesel, que driblava o cheiro da morte exalado das valas comuns, dos corpos de homossexuais, pessoas com deficiência, comunistas, judeus e todos os adversários do nazismo, incinerados nas câmaras de gás.

A morte, então, acompanha a trajetória dos livros que escapam das grandes fogueiras públicas promovidas pelo Estado e de como Liesel os resgata, assim como rouba outros de bibliotecas e passa a alimentar-se do perfume de vida difundido pelas mentiras deliciosas e encantadoras contadas nas obras literárias.

No Brasil, 71 anos depois da 2ª Guerra, Alex Santana não teve a mesma sorte de Liesel e foi preso ao furtar três livros em uma livraria de shopping soteropolitano. Segundo declarações prestadas na delegacia, foram três livros no momento do flagrante, mas o menino já havia furtado outros sete. Todos para estudos.

O texto da notícia enfatiza o gênero dos três livros furtados:

ficção. Fica no ar o subtexto, não eram livros para estudos? Iku, pesarosa, testemunha do desejo de voar do menino, pergunta: quem decretou que só se estuda em manual ou livro didático? Se alguém rouba um pão francês é porque tem fome, mas se rouba um chocolate ou sorvete é porque tem febre de riqueza e luxo? E Iku mesma responde: é que o furto praticado pelos pequenos não pode incluir o sonho e a delícia.

Iku, testemunha da luta de Alex pela sobrevivência, resolve defendê-lo na justiça, pois que, sem recursos para pagar a fiança, o menino foi mandado para o presídio da Mata Escura, onde os dias não amanhecem e as noites de lua desconhecem a ternura.

Diz Iku na peça de defesa: todos os viventes um dia serão meus, é a certeza mais perene da vida. Mas de alguns, como Alex, a vida, minha opositora, me aproxima pelas iniquidades impostas ao caminho. Essa gente integra coletivos de pessoas expostas à precariedade, ao racismo, aos abusos, à violência. Gente que sobrevive por teimosia. Deles costumo gostar e quero que vivam, mas a vida insiste que eu os leve o quanto antes.

A vida tentou me convencer a recolher Alex e tantos meninos iguais a ele quando as mães não conseguiram fazer pré-natal; quando nasceram e não foram pesados e cuidados nos postos de saúde, como todas as crianças deveriam ser; quando a família não pôde alimentá-los como mereciam; quando as doenças típicas da miséria os acometeram; quando conseguiram escapar das chacinas, porque minha irmã, a sorte, fez com que o morticínio ocorresse minutos antes da passagem deles pelo local. A vida quer entregá-los a mim, na bandeja, como prato frio e amargo. Eu me recuso a receber, a comer. Eles driblam a vida que os quer mortos.

Meu cliente, senhoras e senhores jurados, ao furtar três livros de ficção, em ato extremo de resistência ao nada que lhe é destinado pela vida, afirma que, de todas as mentiras empurradas pela garganta (da inexistência do racismo, da existência da igualdade, da justiça, do equilíbrio no julgamento do delito, do tratamento humano para seres humanos), a literatura é a mentira menos danosa. Por isso, peço sua absolvição.

A cadeira de Miss Davis

Eu sou uma mulher de sorte. Essa afirmação tem a força de atrair cada vez mais os bons augúrios e afastar a desinsorte, já que aquele nomezinho de quatro letras não pronuncio.

Acontece que fui à Cachoeira turistar com familiares e, à noite, resolvi tietar amigas que participavam de um curso sobre feminismo negro decolonial nas Américas, promovido pelo Coletivo Ângela Davis. Encontros daqui e dali, papos rápidos, beijos e abraços e um restaurante escolhido para jantar. De repente, vozes sussurradas e emocionadas dão conta de uma presença em movimento: "Olha ela, é Ângela. É Ângela. Ela saiu de casa. Ela está vindo".

E quem é que vem para a calçada onde estou e senta-se à mesma mesa, a três cadeiras de distância da locutora que vos fala? Ela, a Pantera, como o pessoal a estava chamando por lá. A que chamaram de Ângela, sem sobrenome, porque passou a ser da família.

Tá bom, tá bom. Era a mesa da diretoria e de sua amada, por isso ela se sentou na "minha mesa". Não tem problema, pessoal, isso não embaralha minha sorte.

Conversa vai, conversa vem, uma pessoa postada à cabeceira da mesa iniciou com Ângela um papo sobre política brasileira. Eu me mordi de vontade de participar com meu inglesinho de boa base gramatical e pronúncia imperfeita, só que não fui convidada, e me resignei ao silêncio observador.

Alguém, creio que a própria Ângela, resolveu rearranjar os lugares da mesa para que os casais separados ficassem próximos. Uma vizinha de cadeira moveu-se para o lugar de Ângela Davis, a primeira a se levantar. E ela, a Pantera, sentou-se onde? Adivinhem.

A primeira sensação, quando isso acontece, vou contar para você que nunca se sentou ao lado de um ícone, é: o que posso falar que não vá incomodá-la? A pessoa está ali no bar para relaxar, as anfitriãs já haviam montado um forte esquema espacial para blindá-la das cansativas selfies, não queria ser eu a incomodá-la. Optei por ficar calada e, se surgisse alguma oportunidade, falaria algo.

Ângela sorriu para mim e me cumprimentou, perguntou como eu estava. Respondi ao cumprimento e aproveitando a deixa disse-lhe que diria minha frase clichê desde 1997, quando a encontrei em sua primeira vinda ao Brasil, a São Luís do Maranhão: "a primeira vez que te vi foi em Atlanta, em 1994, e você tinha longuíssimos dreadlocks". Muito simpática, ela disse que se lembrava, que meu rosto lhe era familiar nessas duas décadas em que vinha ao Brasil.

Calma, gente! É óbvio que ela não se lembrou de mim, principalmente no evento em Atlanta, onde havia centenas de mulheres negras. Talvez se lembrasse que tinha mesmo dreads àquela época, e a lembrança de dreads cortados sempre traz uma nostalgia.

Ainda na linha da simpatia total, ela me perguntou o que havia sido o evento de Atlanta e o que eu fazia por lá. Respondi que se tratava de uma edição da Black Women's Health Conference, e eu, que estudava e morava em Illinois à época, estive lá para encontrar uma companheira de Geledés, participante da Conferência. Depois ela me perguntou como se dizia ketchup em português. Respondi que era daquele jeito mesmo e que a gente só acentuava a letra u. Rimos. Pedimos ketchup ao garçom, que nunca o trouxe, e como as batatas fritas de Ângela já estavam pela metade, fui ao balcão buscar o molho vermelho. Conversamos ainda sobre a tradição africana de deixar o sal em cima da mesa, ao invés de entregá-lo a alguém que o solicitasse; sobre banhos de sal grosso e sobre jogar sal para trás como táticas de proteção espiritual e, ainda, sobre não entregar uma faca com a ponta voltada para a pessoa que a recebe.

Bem, essa prosopopeia toda foi para justificar porque sou uma mulher de sorte. Mas, o mais importante da noite ainda não contei. É que ao mudar-se de lugar, Ângela Davis, que é muito alta, sentou-se numa cadeira maior do que as outras ou que estava num ponto mais alto da calçada. Fato é que a junção das duas coisas deixou-a em destaque na mesa. Ninguém reparou porque ela já era a grande estrela e era natural que a víssemos como a maior de todas. Mas ela, muito incomodada, falava como que para si mesma, que estava mais alta do que todo mundo e olhava para o chão e para os lados, buscando solução para o problema. Eu, pensando tratar-se da própria altura dela, disse que ela era mesmo a mais alta da mesa e ela respondeu: "Eu sei, mas tem alguma coisa errada aqui".

Então, mais uma vez, Ângela se levantou e trocou de lugar, sentando-se na cadeira ao lado, mais baixa ou nivelada às demais pela calçada, ficando assim na mesma altura das demais pessoas. E disse aliviada: "Agora, sim! Agora eu estou confortável!"

Ainda Melodia. Para sempre Melodia!

Fui à Concha acústica para ouvir a voz de Deus plantada como Semente da Terra em Minas, o Yuaretê Milton Nascimento. Só a música e a poesia para acalentar a alma diante das artimanhas de Iku. Milton rateou em duas letras, atordoado pela perda do amigo Pérola Negra.

Tanta gente ruim boa para morrer. Gente desonesta, desleal. Tanta temeridade à solta pela aí e Iku nos leva o Negro Gato. É por isso que a gente sente raiva e desentende as regras de funcionamento do mundo. Parece mesmo que "o tudo que se tem não representa nada. O tudo que se tem não representa tudo".

E pode torcer o nariz quem quiser, mas as pessoas vão, sim, disputar o troféu de melhor título de texto para falar sobre Luiz Melodia. O mote é bom. O homem cantava como uma deidade, levava a voz para onde queria, fazia duo com Elza Soares, coisa reservada aos imensos, apenas. E se chamava Melodia, nome de batismo artístico herdado do pai, maior influência. Nome próprio e apropriado.

Todo mundo quer fazer jus à genialidade dele, quer mostrar que a fagulha da criação germinou depois de anos a fio embalada pela música inventiva e autoral de Melodia. Música popular que quiseram tornar maldita para afastá-lo das massas.

Vai ter fotinha do Poeta do Estácio substituindo o perfil de muita gente nas redes sociais. São múltiplas as formas de agradecer: "você me fez, Melodia, sua obra me atravessa"; "sou quem sou porque ouvi você"; "sua música me salvou naquele dia de melancolia em que perdi um amor e foi como se perdesse a vida, você me manteve viva"; "você amava como eu e entendia minha dor, e você ainda cantava, enquanto eu, só chorava".

Antes do passamento não havia como dizer isso a Melodia, que depois dos shows queria estar no quintal dos amigos e reinventar o São Carlos querido. A gente diz agora, mostra o quanto sua obra foi fundamental para nossa existência, e acreditamos que, de alguma forma, essa energia deve se conectar ao coração do Magrelinho mais elegante da MPB.

Que bom quando um artista se vai e as pessoas reverenciam sua obra, lembram-se dele, sabem quem foi. Agostinho dos Santos, Johnny Alf, Antonio Pompeo, Itamar Assumpção não experimentaram essa reverência. Quem é que sabe que Luiz Carlos da Vila compôs o samba campeão da Vila de 1988, que todo mundo canta? "Valeu Zumbi / o grito forte dos Palmares/que correu terra, céus e mares/influenciando a abolição/valeu, Zumbi!" E os que ainda estão entre nós, esquecidos: Lady Zu, Cláudio Zóli, Cassiano, Hildon, só para ficar no universo da Black Music.

E se alguém perguntar por ti, Melodia, fique tranquilo. Responderemos que você foi por aí levando um violão debaixo do braço, mas, como bom camarada, deixou canções para alimentar a saudade e a memória.

Ai, Maranhão!

Alcione foi quem me apresentou o Maranhão que aprendi a amar. Todo mundo canta a sua terra/eu também vou cantar a minha/modéstia à parte, seu moço/minha terra é uma belezinha... Este João do Vale também chegou a mim por sua voz, ainda criança. Carcará e outras canções de João que narravam a luta pela terra e pela liberdade eu só conheceria na adolescência.

A cantora que nos primeiros anos de carreira espraiava alegria esfuziante, alegria de cantar, de interpretar, de fazer o que gostava, de ser reconhecida, gravou no quarto disco uma canção de Gil que me marcaria para sempre, "Entre a sola e o salto". Vê por aquela janela/entre a sola e o salto do sapato alto dela/vê por ali, pelo vão/entre a sola do sapato alto dela e o chão. Eu, menina que gostava de poesia, abraçava os joelhos, ouvia a música e imaginava uma história de amor que se passava entre a sola do sapato de salto alto da passista e o chão. Quanto amor no teto embaixo do sapato dela/no espaço embaixo do sapato dela/na tenda embaixo do sapato dela.

Entre a sola e o salto foi tão definitiva em minha vida que eu quis escrever algo que se aproximasse da poesia da canção, e um dia, finalmente, consegui encerrar uma crônica assim: quando era pequena, me intrigava a figura do Zé Ninguém-sabe. Um sapateiro, daqueles de lanterna na testa para trabalhar com pouca iluminação. Viúvo, não tinha filhos. Pouco falava, nunca sorria. Só trabalhava. No carnaval virava o Zé Remeleixo, o homem guardado entre a pancada do martelo e o prego dos sapatos.

Alcione, que poderia cantar tudo com aquela voz portentosa, escolheu emprestá-la ao samba, e nos últimos anos colocou-a a serviço dos corações românticos, apaixonados e/ou sofredores.

Joãozinho Trinta foi outro maranhense ilustre que povoou minha infância e me acompanhou por muitos anos com sua alegria e criatividade, brilho, irreverência, gana pela vitória, amor pelo samba e pelo povo. Perseverança depois da isquemia.

São Luís me deu também o Reggae da Jamaica brasileira, que se pretende Atenas e persegue os regueiros porque são garis, trabalhadoras domésticas, lavadores de carro, toda sorte de gente negra de pouca grana que dança suada, agarradinha, nos bailes. Minha gente.

Na urbe paulistana conheci o Maranhão de Cururupu, reinventado no Morro do Querosene por Tião Carvalho e pelas Caixeiras do Divino, por Ana Maria Carvalho, compositora de fina pena: Eu já falei com os olhos/que te amo e você não me ouviu/Eu já falei com as mãos/que te quero e você não sentiu/Eu já fui até a Lua pra tentar te convencer/e acabei conquistando a Lua/Só não conquistei você.

Foi em São Paulo também que conheci Rita Bennedittto e seus cantos sagrados afro-pop-ameríndios. O louvor à Jurema e as risadas da Pomba Gira sempre se misturam (e se completam) na minha cabeça. Tecnomacumba é, a meu ver, um disco corajoso, totalmente orientado pela espiritualidade, como Segredos Vegetais, do mineiro Dércio Marques.

São todos maranhenses amados, mas aquele que me deixa mesmo com o coração apertado é João do Vale. Um canto ancestral, uma voz que emana do centro da terra, das terras de preto, pelas quais os pretos quilombolas lutam como panteras negras. Há uma história de João que me faz chorar toda vez que a ouço: ele não foi aceito em uma escola porque vendia comida na rua. De outra escola o obrigaram a sair porque uma criança branca, recém-chegada à cidade, precisava estudar e não havia vaga. Choro, mas minha compreensão aumenta e me torno complacente com os pretos mais antigos que em algum momento da vida foram tutelados por artistas e mecenas brancos e urbanos metidos a bonzinhos, que os receberam em casa, abriram algumas portas de teatros, deram comida quando sua arte não lhes garantia o que comer. Silencio e compreendo.

De outro lado, me alegro com os negros nordestinos de diferentes gerações que venceram por eles mesmos: Luiz Gonzaga, Milton Santos, Naná Vasconcelos, Emanoel Araújo, Gilberto Gil, Djavan, Chico César, todos se estabeleceram, correram trecho e se tornaram reis, no Sudeste e no mundo, sem tutela de padrinhos.

E, de um jeito ou de outro, como nos versos lindos e proféticos do João, nós chegaremos lá e, se não chegarmos, chegarão os que nascerão de nós: Ê meu irmão/Eu vim aqui só pra lembrar/Que ninguém vai poder nesta vida vencer sem lutar/Pois, a vitória é uma semente semeada no chão!/É uma semente semeada no chão/Assim espera a chuva pra ela poder nascer/ E a vitória e a coragem de esquecer de morrer! Eu chego lá /queira ou não queria eu chego lá/Se não chegar a ver, vai nascer de mim quem vem pra ver!

Na terrinha

Depois de acomodar a mala no táxi e do primeiro minuto de corrida silenciosa pergunto ao motorista: "tem chovido"? "Tem, não!" Ele responde. "Qué dizê, não chuveu muito hoje. Agurinha messs chuveu, mas agora num tá chuveno"...

Não chovia naquele momento e parecia não ter chovido antes porque estava tudo seco, sem aparência de chuva, por isso fiz a pergunta. O caso é que mineiro tem de dois tipos, o falante e o caladão, mas não estranhe se as duas personalidades se alternarem na mesma pessoa.

O primeiro tipo é aquele que você visita num domingo, se despede dele e vai para o ponto do ônibus. Você fica 40 minutos plantada no ponto e só passa um ônibus para o metrô. Você quer ir para o centro da cidade de ônibus. Então, seu anfitrião aparece na varanda e solta um ingênuo "uai, cê tá aí ainda?" "Tô, o ônibus pro centro ainda não passou". "Uai, o ônibus não passa hoje não". "Como assim?" "Não passando, uai! Só tem ônibus pro metrô". "Uai, mas você não me avisou!" "Uai, ocê não perguntou"...

O senhor ao volante, ao contrário do outro, era falastrão ou estava em momento de língua solta, você nunca sabe. Mesmo sem perguntas, continuou: "esses dia pa trás aí chuveu tudo, teve dia de chuvê forte, mas forte, forte memo num foi, num inundou nada por aí afora". "E será que no dia 24 cai chuva? Ano passado choveu". "Chuva? Ocê chama aquil'ali de chuva?

Aquilo foi um pé d'água, São Pedro tava com a vó atrás do toco".

Eu rio solto e a viagem prossegue. De repente, o motorista emite um gritinho espantado: "opcevê!" Eu olho na direção apontada pelo queixo dele. Não vejo nada demais, mas é prudente não comentar, haja vista que "opcevê" sinaliza coisas gritantes e é óbvio que você, mineira destreinada, é que não está enxergando o que salta aos olhos.

Prescreve a etiqueta da boa convivência com mineiros que você deve exercitar princípios budistas, ou seja, observe, cale e reflita antes de emitir uma opinião. A depender da conclusão é prudente manter o silêncio. Mineiro é bicho armadilhoso, sempre te espera na curva.

Como não concluí nada que valesse a pena ser dito, me mantive muda, e o homem explicou: "olha, moça, eu vou te falar procê uma coisa, esse tempo de natal me dá uma gastura; é uma abraçação de cobra coral, tudo aque'as cobrinha pequenininha e colorida. O fulano põe pra lenhá incima docê o ano inteiro e chega no 25 de dezembro vem desejá feliz natal. Eu vô te falá, esse trem me dá uma nervosia que eu vô te contá um negócio".

Eu continuo sem saber para o que é que ele apontava e o sinal já vai abrir. Será que ele não vai contar? "É uma hipocrisia, minina, natal é hipocrisia! Num diz que é aniversário de Jesus Cristo?" Ele se vira para trás e me pergunta. Eu respondo diligente: "é, é sim!" "Então, ocê me explica u'a coisa, pra que tanto pisca-pisca? Parece que é aniversário de Thomas Edson, sô!"

Absurdada

— Pela milionésima vez, por favor, se amostrar não existe. Não pega bem para você, uma pessoa formada e reformada pela universidade usar uma expressão incorreta como essa.

— Ora veja!, incorreto para mim é o que não faz sentido, se amostrar faz sentido para boa parte do país.

— Não faz sentido e está errado.

— Primando pela gramática você pode até estar certa, mas no cotidiano das pessoas, está errada.

— Por que você não usa um sinônimo mais simples da palavra? Exibido, por exemplo. Todo mundo conhece.

— Não dá, porque uma coisa é uma coisa, outra coisa é outra coisa. Quem se exibe é exibido, quem se amostra, é amostrado.

— Compreendo. Mas, quem se exibe e quem se amostra não busca o mesmo resultado, ou seja, vender o próprio peixe? Pense bem, é melhor vender seu peixe com as palavras adequadas.

— Pois é aí que sua isca se engana. Se exibir é assunto de vitrine, se amostrar é assunto de farmácia.

— Como assim? Você está me parecendo assunto de confusão mental.

— Não é que eu queira me gabar, mas confusa é você que prima pela gramática e não entende os prismas criativos do olhar. Vou dar um exemplo para ver se te ajudo. Quando a pessoa compra uma roupa e não tira mais do corpo, aproveita e conta para todo mundo que comprou aquela peça, ela está se exibindo, é exibida. Mas quando a pessoa compra um corselet do tamanho de Minas Gerais, espreme o Pará, coloca dentro de Minas, depois vai debutar num ambiente para 20 convidados, ela quer se amostrar, é amostrada.

Pensando em termos mais contemporâneos, os vendedores de shopping que olham com desprezo para os meninos dos rolezinhos e no fim das contas moram no mesmo bairro que eles, são exibidos. Eles acham que o nariz empinado, a gomalina no cabelo, a roupa padrão vendedor de loja de shopping e aquele olhar de conferência nojento em cada pessoa diferente do branco que eles almejam ser faz deles seres superiores ao rolezistas. Por outro lado, as meninas e meninos dos rolezinhos vão para os corredores dos shoppings para se amostrar, para serem consumidos uns pelos outros, são, portanto, amostrados. Percebeu a sutileza da diferença?

— Entendo, mas está errado.

— Como é que está errado se você entende? Se milhões de pessoas entendem e usam? Você não aceita a inventividade linguística do povo, isso é que é. Aceite que dói menos. Amostrar é verbo torto no breviário das conjugações e amostrado é particípio de amostra grátis! Pronto. Captou?

Mário e a poética do amor

Os jornais virtuais informam sobre atrocidades cometidas contra gatos, cachorros e outros animais. Espécie de diversão macabra das pessoas no século XXI. Eu não sabia da missa um terço, talvez embrutecida pelas ações racistas, pelas fobias a gêneros e orientações sexuais há séculos impostas aos sujeitos humanos dissonantes.

Os periódicos nos contam também sobre as cartas de Mário de Andrade recém-descobertas, reduzidas à elucidação da seguinte dúvida (fofoca): "ele pegava ou não pegava meninos"? Isso, em detrimento da poética de um homem trágico, gay e negro, num meio que reconhecia e reverenciava sua genialidade, mas, como de hábito com os gênios, não permitia o exercício de sua humanidade plena. Por certo, existe muito mais do que um homem gay nas cartas de Mário de Andrade.

E é por configurar denso material humano que as cartas de Mário e seus segredos poderiam exercer fascínio. Porque o amor oferece sol de verão e sombra de copa grande ao mesmo tempo, água fresca, comida, perfume, canto de passarinho. Sim, o amor é também exigente, tira quem ama do centro, inverte o foco, reclama atenção para as borboletas coloridas, telefona de madrugada, grita pedindo colo, grita ao gozar. Sim, o amor convulsiona a rotina, o esquema, o planejamento prévio. Contrapõe dinâmica à letargia.

O amor traz saúde porque vira do avesso, põe os pés para

cima e a cabeça para baixo. Desconfio que seja amor, aquele que sobrepõe a dor, a angústia e a amargura, o que encontrarão ao abrir as cartas de Mário.

Descompasso

João acordou José. Pelo telefone. Precisava ouvir sua voz para não esquecer seu rosto.

José ficou furioso. Não sabia João que ele tinha o sono instável? De mais a mais, ele viajara há apenas dois dias.

João resignou-se. José, o amado, não sabia que o tempo da ausência não se mede pelo tempo das horas.

Entretelas

O filme tinha sido bonito e doce. Teve certa melancolia também. Personagens complexas experimentando situações cotidianas, convivendo respeitosamente mesmo com as idiossincrasias individuais. Tudo isso ajudado pela beleza da fotografia, pela trama bem costurada por diálogos ágeis e boa atuação dos artistas.

O homem mais novo do casal pergunta ao outro se este o culpa por ter perdido o emprego na escola onde lecionava música, depois de explicitar ao mundo escolar o amor de 39 anos por ele, companheiro de vida. Afinal, isso os deixara em situação econômica lastimável e por essa razão tiveram que vender o pequeno imóvel em que moravam, sendo forçados a viver como apêndices em casas de parentes até reorganizarem a vida.

O mais velho, pintor mediano, pergunta ao mais novo se este ficaria frustrado caso ele não conseguisse, um dia, expor em uma grande galeria. Em cena, tudo o que importa, a opinião de quem a gente ama sobre as coisas da vida.

A esposa de um sobrinho dos protagonistas, aparentemente, egocentrada, revela-se mãe atenciosa e responsável, companheira solidária e sensual, além de lutar para escrever o novo livro, enquanto resolve os problemas da vida da pequena família, incluindo as necessidades de atenção do velho tio, que fala como uma maritaca e diz que não volta a pintar porque precisa de silêncio e isolamento.

Variados tons, saberes, sons e sabores da homoafetividade desfilam naturalmente na tela, da vida pacata de um velho casal de artistas à experiência agitada das boates e da casa do jovem casal gay, bastante semelhante a uma discoteca aberta todas as noites.

A morte, o mais previsível dos eventos para os seres vivos, prega peças, encerra a vida de um dos integrantes do casal quando tudo parecia entrar nos eixos. Ela é assim, ressignifica o viver de quem fica.

A sala de cinema cumpre sua função de abrigar gente que sai de casa para sonhar, ver filmes, comer pipoca, namorar, atividades concomitantes, ou não. Pena que o escurinho do cinema tenha perdido a sacralidade.

No tempo de amor e fantasia na contemplação da tela grande, os risos nervosos no meio da cena dramática eram abafados por quem temia um psiu do restante da audiência. Hoje, reinam as gargalhadas, solitárias ou em grupo, frente a uma piada no Zap exibida na palma da mão, ou, o pior, o farol do smartphone na fileira da frente, que embaça os olhos da vizinha ao abri-los depois do beijo.

Nesses tempos de ostentação comunicacional, as relações de amor e dependência entre pessoas e seus aparelhos de manter contato humano são mesmo perturbadoras.

Tem dia que à noite é assim mesmo

Como é que a cronista deu um mole daquele? Logo no dia em que critica o texto de uma grande escritora ela comete erros de português tão primários? Troca J por G, Z por S, Ç por duplo S, C por S. Será que bebeu? Tomou algum alucinógeno na veia?

Parece que não. Parece que estava tensa, premida pela urgência do tema (um diretor branco que se escudava em seu coração suburbano para fugir à pecha de racista), pela crítica à escritora admirada e pelo cansaço. Uma leitora chegou a dizer que ela se ajoelhara antes de criticar. Deu pane. Nem nas redações do colégio cometera tantos erros num texto só. A praga do corretor de textos também não ajudou.

Desculpa fajuta! Que tipo de escritora é essa? Gente da idade da pedra lascada é assim, erra e depois põe a culpa no computador ultrapassado. A culpa é dela que ainda não tirou os dicionários das caixas de mudança e não tem o hábito de consultar dicionários eletrônicos. A culpa era dela, que ao invés de usar as palavrinhas de todo dia usara outras que se pretendem mais sofisticadas, mas não sabia escrevê-las.

Ela até sabia, mas errou, esqueceu. Agora fica aí nessa penitência toda, rolando na cama sem sono. Envergonhada com o deleite dos leitores que desgostaram do teor do texto, embora não tenham apresentado qualquer argumento consistente, e tripudiaram sobre os erros absurdos, embora não usuais.

Oh dia! Oh vida! Oh mês! Oh azar! Prova do próprio veneno, metida! Amarga teu dia de Barbosa no Maracanazo!

Cronista analógica de um tempo digital

A poeta Lívia Natália atribui a Tempo, divindade do Panteão Africano, a paternidade de minhas crônicas. Mas lembra que elas também flertam com Cronos, o imperador grego do tempo. É cortesã de muitos amores.

Ao campo de Cronos caberia o efêmero, o circunstancial, o acontecimento datado e refletido em um texto-retrato.

À seara de Tempo estariam ligados o ir e vir, o devir, as curvas. A dança da memória. As encruzilhadas das descobertas e dos saberes.

Minha escrita, embora ágil, tem o raciocínio analógico do cágado que acompanha com os olhos a velocidade do touch screen, suas armadilhas e recalques. Meu raciocínio analógico quer decodificá-los, subvertê-los, ridicularizá-los. Tal qual presa que surpreende o caçador pelas costas.

A crônica é, assim, um jogo de inversões que atribui valor e sentido a aspectos desprezados, ignorados ou pouco perceptíveis do cotidiano. E a tudo, ou a quase tudo, empresta um pouco de graça, poesia, ironia, amor. Tudo junto e misturado ou em laivos surpreendentes de lirismo, humor e acidez. Via conta-gotas ou em doses cavalares. Tudo a depender do calor do acontecimento, da necessidade homeopática e dos humores ou calundus da cronista.

A crônica é um retrato do momento, do sentimento, do

pensamento, da reflexão. É grito ou murmúrio, clareira ensolarada ou porão cheio de bichos rastejantes e sonolentos escondidos pelos cantos. Corte fino de adaga, precisão de cutelo.

E se é verdade que o romance ganha o leitor por pontos e o conto por nocaute, a crônica esgrima e vence por W.O.

Vozes da bibliodiversidade na Flip e em outras festividades literárias

O romancista gaúcho Jeferson Tenório, no artigo "Se Lima Barreto fosse usuário do Facebook", exortou os analistas da obra de Lima na Flip 2017 a não reduzi-lo à sua biografia, posto que a obra é o mais importante, mesmo que a trajetória do autor seja fundamental e nos ajude a compreendê-la. Desse modo, seus livros, Triste fim de Policarpo Quaresma, Clara dos Anjos, Recordações do escrivão Isaías Caminha, Os Bruzundangas, entre outros, são maiores do que Lima Barreto. E Tenório conclui: "dizer isso parece óbvio, mas em certos casos o óbvio tem de ser dito, principalmente para quem vai falar de um autor negro no Brasil".

Deu certo. Os augúrios de Tenório, possivelmente escaldado pelas águas geladas e poluídas que costumam lançar na literatura de autoria negra, foram ouvidos. Lima não foi ensimesmado em sua biografia. A obra foi discutida. Mas Tenório ainda palpitou: se convidado, Lima, o homenageado, não compareceria à Flip.

Edimilson de Almeida Pereira, o maior conhecedor de cultura Banto-mineira de todos os tempos, a quem um jornalista, de maneira precisa, mas lamentável, caracterizou como desconhecido do grande público (a ponto dele, o jornalista, chamá-lo de Andrade – será que foi por ter ouvido ali, na igreja-sede da Flip, ecos de Drummond?) roubou a cena na igreja matriz de Paraty. Reverenciou aqueles que vieram depois dos donos da terra, mesmo deslizando no léxico e chamando-os de "escravos", não de escravizados, como deveria. Pediu licença a eles, agradeceu por seu legado.

Ainda sobre a troca de nomes, tão comum com escritores negros, vale lembrar que Carolina Maria de Jesus é comumente chamada de Maria Carolina de Jesus por jornalistas e até por estudiosos de literatura.

Edimilson, o mestre-sala, quebrou o protocolo, o paradigma, e colocou uma epistemologia nova para girar. E Dona Diva Guimarães, atenta, sentiu-se inspirada a também nos oferecer o legado sereno de quem domou o ódio e a raiva gerados pelo racismo para continuar estudando, mas acionou-os para sobreviver e levantar a voz na Flip 2017.

Insurgiu-se quando, depois de transformada em celebridade literária, foi indagada por um jornalista sobre o valor de seu salário de professora aposentada. Dona Diva não era boba e sabia que a estratégia da branquitude era transformá-la em protagonista do coitadismo que tanto distrai os brancos. Ela se rebelou, como a criança rebelde que nos contou ter sido, e Conceição Evaristo arrematou: "se vocês disserem que é mimimi ou vitimização eu vou rasgar o jornal"! É isso! Vamos para cima. Rasguemos os jornais que nos desprezam e nos querem como bichos de circo.

Scholastique Mukasonga também foi citada como inspiração de Dona Diva Guimarães. Sua intervenção caracterizou a fala de uma igual, libertadora de outras tantas. Por isso o racismo estrutural (e institucional das festas literárias e de variados lugares de formação de opinião) nos quer ausentes, ou mudas, quando por lá passamos. Porque uma pode inspirar a outra e para resguardar os privilégios da branquitude é mais seguro que nos invisibilizem e nos emudeçam. "Uma sobe e puxa a outra", como lembrou Ana Maria Gonçalves em alusão ao lema da Marcha de Mulheres Negras Contra o Racismo e Pelo Bem-viver, de 2015.

Mas, o que mesmo significa participar da Flip e de outras vitrines literárias (festas, feiras) de grande cobertura midiática? Significa, acima de tudo, visibilidade para autoras e autores e isso impulsiona a venda de livros, faz circular as ideias, atitudes e formas de trabalho do pessoal em tela; atrai as editoras mais estruturadas e com mais poder de fogo no mercado; expande o campo de pesquisa sobre autores e obras em evidência; aumenta a fortuna crítica; faz com que a crítica e a mídia os olhem com outros olhos ou, no caso das expressões literárias não-canônicas, que pelo menos as vejam em seu lugar de existência.

No limite, se tudo der certo, se tudo confluir para o desejado sucesso, o autor ou autora pode ascender à condição de celebridade literária, passando assim a compor o casting de autores cobiçados, lembrados com assiduidade. E mais bem pagos, afinal, como vocês sabem, em várias feiras e festas literárias é praticada uma hierarquização de cachês de acordo com o nome, trânsito do autor e artilharia da editora.

Por falar em circulação de ideias, uma das entrevistas de Edimilson A. Pereira (A de Almeida, não de Andrade, por favor) problematizando a rigidez do cânone literário, levou o entrevistador a pontificar a necessidade de criação de um cânone extraoficial, um cânone B, presumo, para as autorias não-hegemônicas.

Só que o aprendizado mineiro de quando o adversário vier com o milho, já termos o fubá pronto nos assegura que não interessa um cânone específico para a literatura de autoria negra e outras também massacradas. Essa canoa que já nasce furada teria duas utilidades: geraria trabalho e campo de ação legitimado para estudiosos dessas produções. Esses mesmos pesquisadores tratados como párias por seus colegas estudiosos de "alta literatura". O segundo uso seria cristalizar num lugarzinho de destaque, certo setor da literatura de autoria negra e afins, mais estabelecido.

Interessa pluralizar o cânone (já que não tenho ilusões de destruí-lo), ou seja, forçar a porta de entrada para que críticos, curadores, gente do mercado editorial, professoras e professores universitários, imprensa, autoras e autores, editoras, agentes negros e afins, do mundo literário, venham a compor o cânone.

Toni Morrison e Alice Walker, por exemplo, só são autoras

canônicas porque o cânone estadunidense é diverso e as contempla. Valoriza, também, a autoria de mulheres oriundas de outros grupos raciais e étnicos, de indígenas, de estrangeiros, entre outros conjuntos de autorias tradicionalmente excluídas do cânone literário. É preciso dinamitar (por dentro) o cânone que aí está e construir outro, múltiplo. Não resolve criar um canonezinho de segunda para correr por fora das raias da competição real. Isso só reforça o que já está posto e que nos subordina.

Finda a Flip 2017, fica o desejo de que ela não tenha sido apenas uma resposta às ausências e incongruências da Flip 2016, tal qual a cerimônia do Oscar 2017 em resposta àquela do ano anterior e a criticada lacuna de premiação aos sujeitos negros da sétima arte. A expectativa é que haja mudanças reais e perenes na programação das feiras e festas literárias Brasil afora. Que elas se beneficiem e deixem de temer o belo, aguerrido, corajoso, dolorido, lírico, fecundo, tenaz, vingador, transformador, vigoroso, revitalizador que as autorias negras e outras rejeitadas pelo cânone representam. Oxalá, a literatura "fora dos radares" siga ampliando a multiplicidade e a polifonia da literatura brasileira.

Pode uma escritora negra falar sem que o mediador tente roubar a cena?

Foi no FLI BH, O Festival Literário de Belo Horizonte. Todo mundo ansioso para ouvir Ana Maria Gonçalves e o mediador roubando o tempo dela e da gente.

O sujeito começou com uma frase de efeito: "a carne mais barata do mercado é a carne negra", seguramente porque a expositora da noite era negra. Ali mesmo ele deu com os burros n'água, impactou negativamente a galera. O bordão seria repetido por mais quatro ou cinco vezes ao longo de cansativa, desnecessária e, sobretudo, inadequada exposição, pois, mediador media, não palestra.

Não é preciso identificá-lo, era só mais um homem branco, totalmente perdido (para ser gentil) diante do esplendor de uma mulher negra, reverenciada por todos.

A suposta mediação foi assaz deselegante. Uma verborragia de dados e citações estatísticas, provavelmente confrontadas pela primeira vez na pesquisa que alimentou a tentativa vã de antecipar-se a Ana Maria. Deu com os burros n'água pela segunda vez.

Ana Maria gingou, logo no início. Agradeceu a generosidade de seu interlocutor (fina ironia, a meu ver) e leu um trecho da apresentação de Um defeito de cor, no qual, grosso modo, está dito que um mineiro é aquilo que parece não ser. Ou seja, o rapaz veio com o milho e ela já estava com o fubá pronto. A escritora disse o que quis, o que havia planejado dizer, e não foi nada do que fora discursado pelo mediador, achando que se adiantava à convidada.

E o que me dá certeza de saber o que ia na cabeça dele quando tentou, com aquele amontoado de frases, engambelar o mais ingênuo dos bobos? Letramento racial, baby. Depois de décadas enfrentando as armadilhas do racismo, a gente aprende como ele opera e também a branquitude, que nos dá rasteiras sem abrir mão dos sorrisos fraternos e das gentilezas.

Mas, Ana Maria Gonçalves baixou o Gunga, chamou o moço no pé do berimbau e deu a letra. Ali, mandava ela. Era a estrela da festa e ninguém lhe ofuscaria o brilho.

É boa angoleira, essa Ana. Sabe entrar saindo e sair entrando.

Kit de sobrevivência para o ano novo

A primeira leitura do ano foi de um livro que há muito me esperava na estante. Uma série de entrevistas do poeta maior, Gilberto Gil, aquele que me socorre nos momentos cruciais da vida.

Lembrei-me do livro quando conheci um professor de literatura singular durante uma sessão de trabalhos acadêmicos. Finda a fase protocolar, no momento da conversa boa, por afinidade, ele me disse: "sempre que morre alguém amado eu leio poesia. A poesia me ajuda a compreender o mundo". Eu ouço Gilberto Gil, completei naturalmente. Sua poética me dá entendimento do mundo.

A intenção desta primeira crônica do ano, entretanto, não é discorrer sobre o pensamento de Gil espraiado pelo livro, mas de, atendendo ao espírito da transcendência evocado pela leitura, falar baixinho sobre a morte. De maneira mais específica, sobre o assombro causado pela vivência da morte e do luto nas redes sociais.

Mais alarmante ainda, quero falar sobre a contagem regressiva dos momentos finais da morte anunciada feita por meio de posts quase pecuniários (em alusão aos rendimentos todos do gozo da intimidade da pessoa moribunda), imagens-atestado do convívio com a pessoa que está partindo e frases enigmáticas, para seduzir corações desavisados.

Quando morre uma pessoa muito famosa, como Marília Pêra, compreendo facilmente o que leva alguém a anunciar a morte iminente. Percebo, sem dificuldade, como uma autointitulada amiga íntima infringe a norma de conduta adotada pela atriz, de resguardo à privacidade própria e também da família, e começa a espalhar coisas que deveriam ficar guardadas. Contudo, tenho dificuldades para entender a espetacularização dos dias próximos à morte das pessoas comuns, mesmo quando muito amadas e reconhecidas, fato que lhes empresta mais visibilidade.

O que observo é a fruição sentimental (mais do que de sentimentos) mediada pela notícia nos suportes digitais, à qual se confere valor ao se agregar glamour.

Parece haver uma necessidade de transformar a pessoa comum em celebridade representativa de determinado grupo. Uma espécie de heroína homenageada e eternizada pela glamourização dos dias ou horas próximos à morte. Pode ser mesmo uma desculpa esfarrapada, essa da heroicidade viva, para, de fato, mergulhar de cabeça no mundo fútil das celebridades, aquele em que pessoas são fotografadas portando plaquinhas de visitantes de UTI ou publicam boletins médicos informais nas redes sociais para sugerir intimidade com a pessoa agonizante.

Sou do time daquela Iyalorixa que ao ver uma filha querida gravemente doente sentenciou: "você é filha dessa casa e aqui nós temos regras. Filha minha não ficará fazendo corrente na internet para pedir saúde. Saúde, aqui em casa, a gente pede no pé do Orixá. É onde eu peço por você. Tenha fé e disciplina para fazer o que o Orixá e as mais-velhas prescreverem. Não descuide também da alimentação e das recomendações médicas. Tirando isso, seja o que Deus quiser e tenho certeza de que ele quer o melhor para você".

A morte, os momentos que a precedem, o luto, são tempos de silêncio e introspecção, entrecortados por choro, dor, revolta, medo, insegurança, saudade, fala e escuta atenta. Silêncio para reavaliar a vida vivida, para corrigir rumos, buscar forças e esperança.

É certo que aqui falo da morte como acidente previsível da vida, não da morte por assassinato, negligência, violência, injustiça. Esta merece mesmo muito barulho em todos os lugares.

Acredito que luz, amor, boas vibrações enviadas pela Web também chegarão aos corações destinatários se forem enviadas de casa, de um jardim, de uma gangorra em uma mangueira, sem alarde em qualquer tipo de mídia.

O ano em que nos proibiram o sonho e a alegria

O ano se despedia triste porque enxotado pela turma do quanto pior, melhor. Não era um adeus como o dos anos recentes, em que as pessoas exoneravam o velho para dar lugar à esperança do novo. Não, dessa vez não.

As lojas estavam abarrotadas, tanto as de consumo popular quanto as lojas de grife, passando pelos espaços de consumo dos remediados e medianos. Todo mundo comprando.

Os aeroportos lotados, cheios de populares, suburbanos, periféricos, negros, vejam vocês, negros, para desgosto dos que eram donos dos ares em outros tempos. Como resposta, discriminação racial a passageiros negros. Represália notória pela perda de exclusividade branca.

Afinal, os aviões deveriam ser meio de transporte que encurta distâncias, oferece conforto e celeridade a seus usuários, não é? Mas, aqui, no Brasil Mestiço, ainda são objeto de ostentação.

Porém, ninguém discrimina mais impunemente; jovens artistas discriminados contra-atacam durante um voo. Transformam em performance as vidas roubadas pela polícia assassina. Cláudia Ferreira, DG, Amarildo, entre tantos.

As rodoviárias também estavam cheias. Os navios não sei, mas imagino que tivessem lotação esgotada para cruzeiros. O perfil dos tripulantes era provavelmente novo.

Os resorts e a rede hoteleira das cidades litorâneas tiveram lotação esgotada nos feriados ao longo do ano, não tinham reservas disponíveis para o réveillon e meses de verão.

Os movimentos sociais ressurgiram com roupagem renovada e rejeição aos vícios antigos que tentavam manipulá-los. Jovens ocuparam escolas pelo direito de estudar e resistiram à truculência policial do estado de São Paulo. Meninas nos ensinaram o que é o comportamento de uma garota em estado de luta. Encheram nossos corações de júbilo e esperança. Jovens negras e negros travestidos de reivindicações estéticas ousaram gritar pela existência plena e bela. Contudo, ainda assim, ou talvez por isso mesmo, um mormaço abafado e peçonhento reprimiu nosso sorriso. Só falávamos da crise política transformada pela mídia em crise econômica.

O velho movimento social também inovou, uniu gerações, fez Brasília e o Brasil abrirem olhos espantados para força motriz das mulheres negras, cujo número de assassinatos crescia assustadoramente a cada ano.

As chacinas contra os jovens negros continuaram a ocorrer de Norte a Sul do país. Muitas. Incontáveis. Apenas tínhamos como resultado oficial 82 homens negros mortos a cada dia, alvo da violência, majoritariamente, policial. A novidade era que os jovens sobreviventes, os que escaparam da morte, mas prosseguiam na condição de alvo, estavam se tornando sujeitos políticos a organizar a resistência. Em marcha pela vida, pela justiça.

As pessoas felizes (sim, elas existiam), retraídas, camuflavam-se pressionadas pelo medo-imperador, pela patrulha de direita que enquadrava até Chico Buarque. Imagine, se faziam isso com ele, branco, rico, bem-nascido, intelectualmente considerado, pleno de simpatia e cuidados por parte de quem o ama e tem representatividade política, pense o que poderiam fazer conosco? Nós, essa gente "diferenciada" que eles não querem como passageiros dos mesmos voos. E olha que reagíamos, não éramos postes, embora fôssemos surrados e amarrados a postes por eles e sua moral seletiva.

Frente a esse estado de coisas, tenho a declarar que afora as conquistas pessoais múltiplas e resplandecentes; a superação de questões difíceis, aquelas que janeiro após janeiro não desgrudam do nosso calcanhar; a abertura de novos horizontes; a realização de sonhos, a gente que passa boa parte da vida sem o direito e sem o hábito de sonhar... Afora tudo aquilo que nos faz avaliar que determinado ano foi melhor do que outros, este 2015 entrará para meu recordatório pessoal como o ano em que a mídia e a oposição política direitista e corrupta proibiram as pessoas, via coação pessimista e projeção de números negativos, de expressarem alegria, realização e esperança.

Lula no velório de Marisa Lula da Silva

A política tradicional exige coisas para as quais não tenho estômago. Por exemplo, não sei como Lula conseguiu receber "condolências" de Temer, o usurpador. Também as mensagens de pêsames de Aécio Neves, Renan Calheiros e José Serra, entre outros, enviadas para publicação. Porque essa é a lógica, mandar uma mensagem para ter o nome publicizado. A intenção é vender uma suposta imagem solidária que ultrapassa as disputas políticas. E a assessoria de Lula cumpre a etiqueta, publica os nomes. Não, não tenho estômago.

Por simples questão de temperamento e falta de habilidade para a política tradicional, eu encerraria o tema logo. Não receberia os crápulas, os facínoras e seus representantes. Não aceitaria condolências como uma pessoa educada. Feito isso, eliminaria a necessidade de voltar à guerra no momento prévio à cerimônia de cremação, porque antes não teria feito política ao receber os cumprimentos de Temer, o cínico. Ele que, obviamente, cumprimentou Lula de olhos baixos, pois não poderia olhá-lo nos olhos, sob pena de cair morto, fulminado pela ira que o Presidente se obrigava a conter.

Existe uma guerra midiática em curso, uma guerra de construção de narrativas na disputa do país, e Lula está atolado nisso, talvez até chafurde, porque ele não tem um canal de televisão a seu serviço. Porque rema contra a corrente hegemônica da mídia completamente aparelhada pela direita e pelas elites para destruí-lo e a seu projeto de país. Porque Lula está em guerra, mas precisa fazer política. Porque sabe a força que tem, mas por responsabilidade política não pode usá-la para incendiar a sociedade (precisa ratificar que é o Lulinha paz e amor) e, como é muito emotivo, como é forte, mas não é de ferro, às vezes escapa do lugar de refém que a própria política o colocou e dá nome aos bois, como fez no velório da esposa.

Na guerra, quando não se pode atingir o grande alvo, os inimigos se aproximam das pessoas próximas ao alvo e as ameaçam, fragilizam, torturam, violentam, com o simples objetivo de destabilizá-lo, de caracterizar sua impotência frente aos ardis da máquina que quer destroçá-lo.

O vazamento de conversas entre Marisa Lula da Silva e o filho, na qual falou palavrão; o sequestro do smartphone dos netos; a intimidação das crianças pela Polícia Federal; o clima de pânico e desamparo criado na casa dos filhos; a condução coercitiva de Lula para depor, faz todo sentido para um lado da história. Tudo isso em contraponto ao tratamento dado a Eduardo Cunha e sua família, aos políticos do PSDB, a Temer, a Renan Calheiros, a Romero Jucá, aos ministros e artífices do golpe parlamentar, midiático e jurídico, dezenas de vezes delatados.

Acrescente-se ainda a morte misteriosa do Ministro do STF, arquivo-vivo das acusações ao PSDB, motivos suficientes para fragilizar e agravar a situação de saúde de alguém (Marisa Lula da Silva) colocada no olho do furacão.

Convenhamos, senhores e senhoras, principalmente os que têm uma concepção mais holística da vida, o estado de exceção em que nos puseram (é um estado de exceção, certo?) atingiu em cheio a ex-primeira dama e agravou seu estado de saúde. E seu marido, o grande alvo, diretamente atingido, mortalmente ferido, tinha o direito de, em algum momento de sua dor, dar nome aos abutres, vermes e hienas.

Bia Dória e Marcela Temer: a volta do beija-mão à cena pública

Em entrevista dominical à Folha de S.Paulo, Bia Dória, artista plástica, apresentou-se como futura primeira-dama magnânima da maior cidade da América Latina.

A missão redentora da nova Evita Perón (segundo autoclassificação) estava alicerçada na proximidade com os agricultores que fornecem troncos de árvores para suas obras de arte, nas arrumadeiras, às quais ela "ensina o serviço", e na mão de obra que, de um modo geral, a favela de Paraisópolis oferece a seu ateliê. Todas, "pessoas mais humildes", que, em sua opinião, desejam afagos mínimos de gente (rica e branca) como ela, "um aperto de mão, um abraço"...

Sem qualquer cerimônia, Bia revela desconhecimento da cidade. Não sabe, por exemplo, para que serve o Minhocão e especula que este seja "tipo um viaduto." É certo que haverá leitores que a defenderão e afirmarão que isso tudo é bobagem, pois Bia é artista plástica, não entende de gestão pública e nem precisa entender. Ela é "apenas" a mulher do prefeito eleito. É verdade. Contudo, o que vem a seguir é preocupante, pois desnuda a mentalidade elitista e arbitrária da cidade como quintal de casa.

Indagada sobre a polêmica da construção do Parque Augusta, ela afirma que "iria falar com o João que lá precisava ter parque porque quem tem filho no centro da cidade precisa de um lugar para passear com eles". Parece ou não tratar-se do quintal da casa, onde tudo se resolve pela vontade dos donos à mesa de jantar? E Bia? Não acham que ela encarna bem o papel de defensora dos fracos e oprimidos?

Tudo isso em detrimento de uma concepção de cidade como espaço público. De um planejamento urbano que deveria ser feito em diálogo com as pessoas que vivem na cidade, à revelia de decisões unilaterais para atender aos pedidos e gostos da esposa do mandatário de plantão.

Bia Dória, como Marcela Temer, encarna a volta da benesse e do beija-mão à cena pública. Do favor aos desvalidos. Da intervenção da alma caridosa da primeira-dama, a senhora da casa-grande, em nome dos "humildes e necessitados".

Sobre as pessoas que contrata para trabalhar em sua casa, Bia nos conta que "ficaria feliz se chegasse uma arrumadeira já sabendo fazer as coisas. Pouquíssimas delas sabem, a não ser as que já passaram por várias casas, mas aí elas vêm cheias de manias." Trata-se de reclamação recorrente das patroas brancas brasileiras, que desqualificam as trabalhadoras domésticas e anos de experiência registrados em carteira de trabalho, ou mesmo de formação e prestação de serviços em agências profissionais.

Suas declarações soam naturais aos ouvidos de seus pares de classe, bem como a pessoas pobres e despolitizadas que caíram no conto do João trabalhador inventado pelos marqueteiros do marido.

Uma Evita Perón da Paulicéia é a contraparte natural de João Dória, o homem que alterou o conteúdo da carta-compromisso pela erradicação do trabalho escravo assinada pelos principais concorrentes a cargos majoritários. Entretanto, o não-pensamento de Bia não pode ser minimizado ou ridicularizado como parte de uma temporada particular e autoral do FEBEAPA – Festival de Besteiras que Assola o País.

O não-pensamento em tela é a manifestação discursiva do lugar da mulher (branca) que retoma as funções auxiliares de garantia do bem-estar do marido e dos filhos, da organização da casa para recepções sociais e políticas, bem como a legitimação das bobagens que podem e devem ser ditas por "um ser incapaz de pensar" (lugar destinado a mulheres como ela).

Essa incapacidade tem endereço certo. Ela cristaliza o lugar do favor em prejuízo da ideia de direito. Joga purpurina na figura da primeira-dama filantrópica, a quem os que limpam a casa depois da festa poderão recorrer, quando necessário, para amenizar o peso do chicote do patrão.

Afinal, a ideologia dos novos ocupantes do gabinete do prefeito considera que o pensamento é uma virtude masculina. Estrategicamente, no entanto, a mulher, "esse ser não-pensante", exerce poder e opressão sobre os que, na opinião da casa-grande, nasceram para obedecer e receber favores, sem os quais não conseguiriam ascender à condição humana.

No fim de contas, como Bia Dória candidamente nos alerta, é preciso diminuir as desigualdades porque o pessoal de Paraisópolis "respira o mesmo ar e sente frio como eles" (do Morumbi).

Karol Conká e MC Carol dão a letra

No dia seguinte ao primeiro discurso de Marcela Temer, esdrúxulo, extemporâneo e insinuante para agradar a decrépita plateia masculina do Planalto, MC Carol e Karol Conká quebraram tudo com o single "100% Feminista".

Enquanto Marcela se propunha a cuidar das criancinhas e a ensinar às mulheres como fazê-lo, numa versão démodé da Rainha dos Baixinhos, MC Carol conta e canta que aos cinco anos já presenciava mulheres de sua família serem espancadas por não terem cozinhado a tempo para servir aos machos.

Marcela Temer encarnou a insinuante do lar que podia a qualquer momento gemer o "ilariê" do Xou da Xuxa. MC Carol, séria e convicta, denunciou a opressão e o silenciamento das mulheres agredidas, ao tempo em que trovejou a decisão precoce de crescer (não sucumbir) e ser diferente do que estava desenhado para sua vida.

A menina que Carol foi não esperaria pelos cuidados da Rainha dos Baixinhos ressuscitada por Marcela. Carol agenciaria a própria vida, movida pela determinação interna de não ser mais uma a apanhar.

E Carol cresceu. Muito prazer, ela é Carol Bandida, a dona da porra toda. E desfila na canção o nome de mulheres negras guerreiras que não são recatadas e do lar. São quilombolas, faveladas, escritoras, libertas, artistas, familiares das duas MCs, também guerreiras, e ainda Frida Khalo.

É o feminismo preto da mulher que inventa sua própria liberdade enfrentando o vaticínio que poderia torná-la mais do mesmo, não uma MC com poder de fala, mas uma jovem que reproduzisse o destino das que a antecederam na família.

Um dos pontos altos da música é assumir que a mulher negra pode ser frágil e que a fragilidade circunstancial não diminui sua força. O dueto é pesado, como a própria letra anuncia, mas a vida das mulheres negras pode ser mais leve, fluida e generosa para cuidarem de si mesmas.

Karol Conká imprime um tom mais reflexivo e coletivo à letra, talvez atravessado por leituras de ativistas como Audre Lorde, que alertava às lésbicas negras sobre a incapacidade de o silêncio protegê-las dos ataques da opressão de gênero, raça e sexualidade.

Alerta válido para todas as mulheres negras, de distintas orientações sexuais. "Desde pequenas aprendemos que silêncio não soluciona / Que a revolta vem à tona pois a justiça não funciona / Me ensinaram que éramos insuficiente / Discordei, pra ser ouvida o grito tem que ser potente".

O segredo de "100% Feminista" está na legitimidade e representatividade das vozes de Carol Bandida e Karol Conká. No quanto os ouvidos que as ouvem anseiam por essas vozes de dentro da favela, que conhecem no miúdo a vida das mulheres negras que batalham pela vida enfrentando o racismo e o sexismo, sem máscara e sem verniz. Na tora. Por isso provocam comoção ao gritar que são 100% feministas.

A letra da música é muito simples. O poder está na voz de quem canta e nos tiros vindos da garganta.

Somos todas Marielle Franco!

O gosto na boca é de sangue, horror e medo. E quem não sente medo nesse momento é porque está do lado dos que nos amedrontam ou porque não dimensionou a gravidade desses dias. Desculpem-me os amigos e familiares de Marielle e as que estão na linha de tiro e continuam a discursar sem medo, mas não consigo escrever sobre outros afetos envolvidos nessa perda devastadora. Só penso nessa situação-limite, no que virá ainda sobre nós.

Fomos todas Cláudias, Cláudia da Silva Ferreira. Fomos baleadas junto com ela, tivemos nosso corpo pendido do porta-malas de um carro de polícia e arrastado pelas ruas de Madureira. Somos Marielle porque fomos, somos, Cláudias.

Enquanto Cláudia da Silva Ferreira, trabalhadora e mãe, era conhecida apenas pelos seus, negros como ela, Marielle Franco era vereadora vitoriosa, depositária de quase 47.000 votos confiados pelos seus, os da Maré, os de outras favelas e de outros quilombos da cidade do Rio de Janeiro; conhecida e reconhecida no Brasil e no exterior.

Sermos todas Cláudias significa que para os que têm como projeto nosso extermínio, não importa que sejamos Marielle, eles podem nos abater a qualquer momento. Por isso, senhoras e senhores, vozes que defendem a exclusividade dos ataques às mulheres e homens de favelas e periferias, àquelas pessoas sitiadas entre a violência do braço armado do estado e os valões, percebam que decodificar a execução de Marielle (obrigada a se mudar da Maré para sobreviver), é pensar em estratégias de sobrevivência para todos nós.

A manutenção do racismo, seus efeitos e privilégios é o projeto maior da branquitude brasileira e o golpe de 2016 está a serviço desse projeto, basta ver as comemorações pela execução de Marielle, uma negra de voz ativa e dona de poder institucional que poderia incomodar, embora talvez não chegasse a desestabilizar o projeto de extermínio de negros em curso nas favelas cariocas e no Brasil. Projeto executado pela eliminação simples dos corpos negros, como também pela humilhação e subordinação desses corpos às leis do exército interventor que legitima e aprofunda mecanismos racistas, há décadas vigentes naqueles espaços.

A cena cada dia mais comum, em que os racistas saem completamente do armário, é impulsionada, catapultada pelo contexto do golpe que, como alguém já disse, pode chegar à revogação da Lei Áurea. Enquanto não se alcança esse extremo, toca suprimir pequenas conquistas políticas após décadas de luta, aprovar a reforma trabalhista no nível federal e pautas legislativas de supressão de direitos e garantias das comunidades (mandado de busca coletiva, lei do abate, que permite que uma pessoa portadora de arma seja alvejada de forma letal numa operação policial). Sim, é a legitimação do que acontece há pelo menos um século nas comunidades negras e periféricas, mas não resolve nada refugiar-se nessa constatação.

O recado dado pelos assassinos de Marielle Franco é explícito: "se vocês dormirem pensando que são Marielle, acordarão como Cláudias, ou seja, às mulheres pretas nem nos damos ao trabalho de ameaçar, nós matamos, principalmente aquelas que conheçam por dentro como operamos".

Assim, a esquerda que, supostamente, quer situar esse assassinato "apenas" no contexto do golpe, é o menor dos nossos problemas. Compreender como o racismo opera e nos aniquila exige um pouco mais de sofisticação, de articulação de ideias e contextos, no mínimo para parar de achar que "o golpe não nos diz respeito porque nós, negros, sempre vivemos em regime de exceção". À medida que o golpe se alarga, as condições de vida pioram para aqueles que vivem espremidos entre a falácia da garantia da segurança pública que os dizima e o valão. Exige atenção ao poder das instituições. Marielle Franco não era apenas uma voz que denunciava arbitrariedades e crimes de um batalhão de polícia responsável por uma área do Rio de Janeiro. Ela era a relatora da Comissão que acompanharia a intervenção militar na cidade e conhecia por dentro, repito, os meandros da arbitrariedade racista.

Audre Lord já nos ensinou que o silêncio (não falar sobre o que nos oprime), não nos salvará, contudo, se não organizarmos nossa voz e nossa fúria, poucos resultados obteremos. Em

Recife, por exemplo, como resposta à vereadora mais votada da história da cidade, que propôs um culto na praia para afastar de lá e do Brasil uma inventada "maldição de Iemanjá", comunidades religiosas de matriz africana lograram reunir cerca de 50 pessoas numa manifestação de repúdio e cobrança de providências na porta do Ministério Público local.

A vereadora que praticou o crime de racismo religioso, por sua vez, contra-atacou apresentando ao mesmo MP uma lista com 300 assinaturas de instituições que a apóiam e referendam seu trabalho como "missionária" e vereadora. Trezentas instituições.

As instituições precisam se posicionar em nosso favor a partir da execução de Marielle Franco. Algumas já o fizeram: Geledés- Instituto da Mulher negra, Instituto Patrícia Galvão, a Campanha Reaja ou Será Morto, Reaja ou Será Morta, o Parlamento Europeu, o partido político espanhol Podemos, a Anistia Internacional, o Grêmio Recreativo Escola de Samba Portela, entre outros.

O racismo é sistêmico e tem altíssima capacidade de mutação, se não estivermos atentos a isso, ele nos vence pelo cansaço, pela eliminação física ou simbólica, e/ou nos circunscreve à aparente vitória de "discutir o racismo pelo racismo", desarticulando-o de todos os sistemas que nos envolvem.

O racismo é estrutural, mas não é estático, ao contrário, é dinâmico, ele se renova, se repagina, se reorganiza e o faz ao longo de anos, pacientemente, enquanto mata e humilha negros, indígenas e outros alvos para mostrar quem é que manda. Enquanto isso, parcela dos nossos se isola no mundo de Bob preto e não discute o golpe "porque negro já é golpeado na favela há 500 anos".

E se a fúria for a solução, que seja organizada, conduzida pelo cérebro e que se materialize nas ruas. Fúria virtual é só verborragia que derrama bílis na tela.

O jet ski e o biscoito de repartição

Uma pessoa não pode se sentir um biscoito de repartição pública.

O indivíduo vai tomar um café e o biscoito está lá, num estado de quase abandono, pedindo a companhia de uma boca úmida e quente. O cidadão atende ao pedido, quebra o biscoito em pedaços com a mão ou morde bocados pequenos. As mandíbulas transformam aquilo num placebo adocicado.

Placebo que aplaca a ansiedade, a fome, enquanto o horário do almoço não chega. O biscoito de repartição representa a oportunidade de comer algo que está dando sopa. Que dribla a falta de companhia para jantar em casa. Esse tipo de biscoito é também consolo para quem não tem casa. Às vezes você tem a sensação de que ele anda sozinho e se enfia na bolsa do indivíduo à espera do momento mais solitário para ser devorado.

Uma pessoa não pode ser um biscoito inerte na boca aberta do pacote. Não pode dormitar ao lado do café ralo, das caixinhas de chá mais baratas, das formigas que passeiam pelo açúcar. Não pode ser alimento à disposição de quem não quer nada ou não sabe o que quer e come para enganar o tempo.

Melhor do que ser biscoito de repartição facebookiana, no qual se dá uma mordidinha quando aparece na tela, é ser Jet ski (de pobre). Uma voltinha renovadora nas águas do fim de semana.

Um *piercing*

Quando ela foi embora, gotejei sangue por todo o corpo, mas não consegui chorar. Foi aí que mandei o cara botar o *piercing*. Sem anestesia.

Ele achou que era brincadeira e continuou preparando a seringa. Agarrei o braço dele e repeti: sem anestesia!

Tive medo. Suei frio. Quase desmaiei. Mas quando ela foi embora, por pouco não morri. O *piercing* era apenas uma espada rasgando o oco do meu útero.

Foi o *piercing* quem despachou as humilhações todas: da rua, da bebida, da cocaína, da falta de sexo. Ele foi o barco que libertou meus olhos e atravessou comigo a grande água de Caronte.

Cobras e lagartixas

Fazia frio, mas isso não era novidade na noite serrana.

Um padre se levantou para fumar na varanda. Outro para ir à cozinha preparar pipocas. O terceiro padre, tido por todos como o mais sistemático do grupo, não permitiu que a vontade de ir ao banheiro interrompesse sua audiência a Beyoncé no Super Boll.

Aquela era a mais poderosa injeção de afirmação que sua negritude emergente já havia recebido.

Findo o espetáculo, o padre sorria enquanto se espreguiçava na porta da sala de TV. Mas, suas covinhas se desfizeram em um átimo. Pulou para trás e apertou os olhos atrás dos óculos para identificar algo estranho no corredor.

Prudente, o padre evita aproximar-se. Apenas movimenta os óculos naquela tentativa vã de acertar a visão.

Foram poucos os segundos de incerteza. Logo o padre gritava: meninos, cuidado! Tragam as vassouras. A cobra que matou a vizinha veio nos fazer uma visita.

Atendendo ao chamado do amigo, os padres, munidos de cabos de vassouras e rodos socaram a bicha até o estrebuchar final.

Em termos. A cobra ainda se mexia. Um dos padres sugeriu, então, que a colocassem no latão de lixo, jogassem creolina e a queimassem. Assim foi feito.

Voltaram para dentro do mosteiro. Estavam ressabiados com qualquer som, movimento, ou mesmo com o que poderia se esconder nos cantos da casa. Primeiro foram os ladrões que pularam os muros e fizeram a festa com as doações recebidas dos ricos da região. Por isso os 17 cachorros que passaram a protegê-los.

Agora, essa cobra. Pelo tamanho, era filhote. Deve haver uma ninhada quintal afora. Sobre répteis, minha mãe ensinou que não devíamos cortar o rabo das lagartixas pequenas e menos ágeis do que as adultas, porque as mães estão sempre de olho nos filhos. E picada de lagartixa não tem cura. Os padres que se cuidem.

Direito à cidade

Na manhã que antecede o dia de saudar o Rei, a cidade se torna um quiabal. Por todos os cantos e ruas, vendedores, moços e velhos, oferecem quiabos frescos, graúdos e belos, já ensacados.

Ai de quem disser com os olhos que gostaria de escolher os quiabos. O vendedor responderá, também com o olhar, que os quiabos já são selecionados, afinal, destinam-se à mesa do Rei.

Quando, desconfiada, a compradora chegar à casa com o pacote fechado e só de pirraça quebrar as pontas do que se transformará na comida real, verificará que todos estão mesmo bons.

Vencida, compreenderá que aqueles vendedores de quiabo são súditos do Rei postados nas esquinas do mundo, devotados a honrar o nome dele pela palavra empenhada na qualidade do quiabo.

Atotô!

Agosto é mês de gosto. E das coisas que mais me encantam é ver o povo de Obaluaê na rua, meu povo também, alimentando a tradição de distribuir saúde e fartura pela pipoca. Quem tem saúde, tem fartura.

Uma senhora esmola na Avenida Sete acompanhada de um irmão mais sorridente e sem sofrimento no rosto. Contribuo e abro a bolsa para receber a pipoca e fazer meu ritual em casa.

Sigo o caminho em direção à praça Castro Alves e passo por outro irmão, de cabelos e óculos hi-tech que, de pé e altivo, diz algumas coisas que não entendo bem. Só ouço o final, Obaluaê. Contribuo outra vez e ele me convida, "venha mãe, venha tomar seu banho de pipoca". Agradeço e digo que levarei a pipoca para casa.

Abro novamente a bolsa, guardo a pipoca que ele me oferece; nos saudamos, nos despedimos. Sim, que Obaluaê me guarde, me dê saúde e me guie. Sigo meu caminho.

Na volta vejo um rapaz de Obaluaê atravessando a rua com a sacola de dinheiro nas mãos e o Peji-móvel ali, sozinho no ponto de ônibus. Oxente, onde vai esse menino? E se um desses fundamentalistas destruir o Peji? Meu instinto candomblezeiro quase me faz parar para protegê-lo de qualquer atentado.

O irmão de Obaluaê continua andando com a tranquilidade de quem sabe o que faz. E o Peji quietinho lá, sereno. O dinheiro ele leva porque os fundamentalistas são loucos, mas não o rasgam, sabem reconhecê-lo e cultuá-lo. O poeta já nos contou.

Mas, o Peji de Obaluaê pode esperá-lo e se manterá íntegro. E se bulirem nele, que se vejam com Obaluaê. Atotô, Senhor da Terra!

A merendeira e os biscoitos do recreio

Dona Elvira era uma preta de formas generosas, tão fofas quanto seu coração de grande-mãe. Conhecia a meninada toda da escola e era a mãe postiça de muitos deles. Sabia da cachaça do pai de um, do HIV da mãe de outro, do assassinato do irmão daquela, da chacina dos irmãos e primos daquele outro, da perseguição policial sofrida pelo menino de dreads, da orfandade e abandono de boa parte deles. Monitorava alguns com conselhos e puxões de orelha, no cuidado de impedir que engrossassem as fileiras do tráfico. Conhecia-os como filhos.

Tinha sua fé e suas guias e ostentava ambas no dia a dia do trabalho como merendeira na escola. Vez por outra chamava uma professora e dizia: "viu pro, tenha paciência com a aluna tal porque ela está passando por esse ou aquele problema em casa". A outro professor convocava: "pro, seja mais duro com o fulaninho porque o pai é um frouxo, desleixado, e ele precisa de referência de homem que tenha comando e responsabilidade para aprender a ser homem também".

A convite da coordenadora pedagógica, Dona Elvira passou a frequentar as reuniões do conselho de classe. Não se fazia de rogada e ajudava os colegas a destrincharem o contexto precário de vida daquela moçada.

Naquela reunião do conselho, entretanto, havia um burburinho e dona Elvira percebeu logo que o caso era com ela.

A coordenadora pedagógica que a havia convidado para participar da conversa tomou a palavra e professoralmente apresentou-lhe a lei que proibia que os alunos levassem para casa merenda distribuída na escola. Dona Elvira ouviu impassível a exposição da lei. Depois, veio a acusação formal: ela estaria enchendo o fichário de alguns alunos de biscoitos água e sal. E a sentença: ela deveria parar imediatamente, pois infringia a lei.

Quieta dona Elvira estava e quieta permaneceu. Só seus olhos se moviam, olhando os olhos ausentes dos professores.

Por fim, rompendo o silêncio ela perguntou para a orientadora: "pro, a senhora já passou fome? E vocês, algum de vocês já passou fome?" E o silêncio se instalou outra vez. "Imagino que não", ela continuou. "Vocês têm cara de quem foi criado com Danoninho. Pois vou contar uma coisa para vocês, eu conheço a cara da fome. É ela quem grita nos olhos da maioria desses meninos que têm dificuldade para aprender. Eu só não dou comida de sal para eles porque não cabe no fichário. Se coubesse cachorro-quente, eu dava. Vocês não sabem o que é deitar com fome, ficar acordado olhando para o teto porque o pesadelo da fome não deixa dormir, e de manhã ter aquela fome curtida na barriga, que vai te acompanhar todo o dia, sem ser saciada, vai morrer no corpo e vai doer a vida inteira.

Enquanto eles passarem fome em casa e tiver biscoito nessa escola, eles vão levar e ninguém vai me impedir de dar, não é pro"?

Parabéns pra você!

Se a carta é escrita como peça literária, posso me furtar de dizer um nome e, nem por isso, o texto será de um amor que não ousa dizer o nome, certo Wilde?

Nesses tempos de exposição insana dos afetos em busca de crédito, visibilidade, audiência e repercussão, é exercício de esgrima fazer poesia. E quem prima por valores mais ligados à casa, à família, ao íntimo desvinculado das conquistas simbólicas de poder tão caras à pós-modernidade, se assusta e se retrai no jogo de aparências e estímulo às declarações midiáticas de apreço e as cobranças públicas dessas declarações, uma sentença, não uma escolha. E, nesses casos, caro Wilde, a declaração de amor mais pura consiste em ser a sentinela que guarda o nome, que o protege.

Mira, Wilde, o texto preferido por ela é curto, então preciso cuidar para não me estender. Apenas queria dizer que, entre as coisas todas que dela emanam, o jeito leal e desinteressado de amar as pessoas, de compreender suas histórias e a capacidade de fazer autocrítica e se refazer, são as que mais me encantam.

Pronto, caro Wilde, disse tudo o que precisava ser dito. O mais é viver e não ter vergonha de ser feliz ao passear de barco pelos rios da cidade natal relembrando a infância. Cantar e cantar e cantar a beleza de ser uma eterna aprendiz. Eu sei, Cidinha, a vida devia ser bem melhor, e será! Mas, isso não impede que eu repita, é bonita! É bonita e é bonita!

Uma carta de amor

O amigo Cláudio, pérola recifense do Morro da Conceição, tem o hábito saudável de discordar dos poetas consagrados. É valente, o cabra. Só quem tem muita coragem e flor no coração discorda amorosamente de Solano. Porque sim, poeta da liberdade, negros opressores, em qualquer parte do mundo, são (também) irmãos do Cláudio (e meus), pois, ainda que não os admiremos e tampouco os sigamos, pertencemos à mesma comunidade de destino.

Aquela foi a vez de Pessoa ver contestada sua afirmação sobre as cartas de amor, ridículas, todas. Cláudio não pensa assim e escreveu uma carta de amor amorosa para Joana, dessas tão intensas que uma vez escritas pelo amante e lidas pela pessoa amada jamais conseguiriam ser guardadas ou esquecidas. Uma carta de amor tão forte que depois de recebida precisasse ser vivida; trazida consigo, aberta mil vezes e mil vezes relida.

Não sendo ridícula, a carta de amor que Cláudio escreveu para Joana não buscou clichê; não foi apelativa, tampouco démodé. Foi uma carta curta. Um corte de punhal, que fere como quem furta. De leve, tão breve que não passou do preâmbulo, mas disse tudo o que precisava dizer. Uma carta tão plena de significado e tão satisfatória que não precisou ser concluída.

A carta de amor que Cláudio escreveu para Joana se desprendeu do passado, passou pelo casal e ficou aguardando, tranquila, a chegada dos dois ao futuro. Era uma carta de amor sem medos, com destinatário certo, que se lançava no escuro.

A carta de amor escrita para Joana era uma carta de amor mais verdadeira que o amor de onze mil amantes, uma carta que nenhum deles jamais escrevera antes.

A carta de amor, por ser dessas cartas que amante nenhum jamais escrevera, era um tanto repetitiva e seu teor era, certamente, alcoólico. Não para que ela fosse lida gota a gota, mas para que ela fosse, letra por letra, absorvida.

Uma carta sem fim que está para sempre no começo, talvez entre um não e um sim, e lembra a ele, todo dia (como um calendário) que nesse amor lendário Cláudio é o destinatário de Joana, a destinatária de Cláudio.

E a cronista, quando leu a carta lançada ao vento, não teve outra saída senão beber o poema e mimetizá-lo no texto, antes que cedesse ao ímpeto de pedir a mão de Cláudio em casamento.

Xirê: a brincadeira lírica de Du Oliveira

Foi Vanda Machado quem tocou o segredo. Eu os bendigo à leitora do oráculo e ao segredo que verbalizo sem constrangimento: Xirê, a brincadeira lírica é um livro de ronkó.

Que o digam as mulheres-pássaro, às quais, o homem de Ifá, frágil e contrito, roga para que não o olhem, não o alcancem, não o abracem, não o seduzam para a cópula. Que não estejam férteis ao encontrá-lo. Que não o encontrem. Este, o melhor dos mundos.

O que há para ser dito (a partir e além do poema) é revelado por aquilo que os de dentro compartilham, antes da análise insuficiente da forma.

É o dentro do segredo. O que vive no interior da pérola fina que se esconde na ostra que nasceu do lodo, como na canção popular.

A revelação é feita a mulheres e homens iniciados. Gente lavada pelo vermelho vivo de veias e artérias, não só pelo encantamento formal do dendê.

No alforje da prosa poética que intercala os versos, a fonte das especiarias do feiticeiro Guiã. O estojo de costura do bordador da linhagem polifônica das Áfricas de Hampâté Bâ – quem não se lembra de Tidjane, de Lampião, rei do cangaço, e de João Cândido, o almirante negro?

Descompassado. De travessa. Na nesga. À deriva. Dú Oliveira exuzilha sem trégua. Como quem come durante a festa de Tempo. Em movimento.

O menino de Orunmila nos oferece versos traiçoeiros. Gingadores. Certeiros na cabeçada que derruba a militância, artistas e intelectuais que folclorizam o segredo, que não vão além do urucum do dendê.

Xirê, a brincadeira lírica dá rasteira nos teóricos que analisarão a palavra, mas não entenderão o sopro do verbo.

Daqui do Mundubantu te saúdo, pai-grande! Saravá sua banda!

Viva, Winnie Mandela!

Em dezembro de 2013, no primeiro dia do velório de Nelson Mandela, em Joanesburgo, o estádio Soccer City silenciou quando Winnie Mandela, ex-esposa do Madiba, aproximou-se de Graça Machel, a viúva. As duas não se falavam, estavam rompidas, se ignoravam, contudo, Winnie, cumprindo o ritual fúnebre, beijou Graça, abraçou-a longamente e beijou-a novamente ao final. Depois, sentou-se no lugar de honra que também lhe era reservado.

Winnie era amada pelo povo sulafricano e gozava de extremo respeito no CNA – Congresso Nacional Africano, seu partido, principalmente por parte dos jovens de diferentes gerações.

O nome originário de Winnie era Nonzamo Winifred Madikizela. Nonzamo, na língua dos Xhosa, seu povo, significa "provação, aquela que na vida atravessará muitas provas, também no sentido dos processos judiciais".

O destino de seu nome se realizou. Winnie passou por inúmeras provas a vida inteira e esteve na liderança de processos fundamentais pelo fim do apartheid. Desde 1958, quando casou-se com Mandela, foi reiteradamente detida e esteve sob banimento e prisão domiciliar por longos anos. Em 1977 foi arrancada de casa, em Soweto, junto com a filha Zindzi e levada para o banimento em Brandford, lugar que batizou como "sua pequena Sibéria". Nesta localidade ela sequer dominava a língua nativa (Shona). A polícia construiu uma imagem de Winnie como "comunista perigosa", com quem os moradores estavam proibidos de se comunicar, sob pena de serem presos. Nem as crianças poderiam se relacionar com Zindzi. Winnie, com seu radar político dizia: "quando eles me mandam para o desterro, não me consideram um indivíduo. Imaginam que, junto comigo, também podem banir as ideias políticas. Não me poderiam prestar maior homenagem".

Os enfrentamentos de Winnie ao apartheid eram cotidianos, diuturnos, além do trabalho nos grandes confrontos judiciais, diplomacia internacional e organização de massivas manifestações pelo fim do apartheid. Um exemplo "singelo" foi a batalha para que negros pudessem entrar numa rede de lojas para consumir. "Quando uma negra queria comprar numa loja como a Foshini, era preciso ficar esperando na porta da loja, apontar para o vestido que lhe interessava e pedir licença para vê-lo. A vendedora tirava o vestido do cabide e o levava até a porta. Era impensável admitir que uma negra pudesse entrar na loja e pegar num vestido que depois poderia ser tocado por uma branca. Essas coisas parecem insignificantes, mas, exatamente por isso são tão humilhantes, constituem uma afronta à dignidade humana".

Um dia Winnie simplesmente entrou na loja e apontou o vestido desejado para a filha. Tentaram expulsá-la do recinto para esperar que o vestido fosse levado até ela do lado de fora da loja. Ela discutiu com a vendedora em inglês. A polícia foi chamada e também a polícia de segurança do Estado, porque aquela era uma ameaça concreta de quebra da ordem racista. Fora da loja, umas cem pessoas negras a aguardavam. Dalí em diante, a Foshini foi boicotada pelos negros.

Winnie nunca pôde acompanhar as filhas no primeiro dia de aula, nem conversar com suas professoras. Um parente ou amigo a representava, porque pessoas banidas não podiam entrar em escolas.

Sobre a vida com Mandela antes da longa prisão do marido por 27 anos, ela dizia: "A vida com ele sempre foi uma vida sem ele. Ele tinha de correr para milhares de reuniões e compromissos. Por vezes, mal tinha tempo de me levar para casa e já partia de novo. Nunca admitiu que eu exigisse dele um 'extra' do seu tempo. Cuidava naturalmente de que alguém fosse me buscar no local de trabalho e me levasse em casa, mesmo quando passávamos uma semana sem nos ver. Mas era tudo. Não tinha com ele nem o mais furtivo romance. Para isso não havia realmente tempo".

A reputação de Winnie foi atacada sistematicamente ao longo da vida. Ela dizia: "numa organização clandestina é muito fácil acabar com as pessoas prejudicando sua reputação. Foi exatamente isso que tentaram fazer comigo. Diziam que Mandela, afinal, estava velho, que eu era jovem demais para ele; que sendo bonita, atraente e me vestindo com elegância, eu preferia homens mais moços. Nelson me prevenira para tudo isso".

Antes do Levante de Soweto, Winnie chegou a ter sobre si 99 acusações formais de "corromper a juventude do país", porque, na verdade, os liderava e incutia neles o espírito da luta pela liberdade, ao tempo em que eram informados de sua própria história que o apartheid aniquilava.

Winnie Mandela pontificou no velório do Madiba que, se sua luta pela liberdade de Nelson Mandela não tivesse existido, talvez o mundo não conhecesse o símbolo Mandela. Talvez ele tivesse apodrecido na cadeia, como os chefes do apartheid pretendiam.

Que os passarinhos cantem e as flores desabrochem. Que as borboletas sigam à sua frente. A Rainha Nonzamo voltou ao mundo primordial.

Foi bonita a festa

Quando ela subiu ao palco, gingando, alguém poderia dizer que ia ali uma porta-bandeira experiente, protegendo o pavilhão da escola e oferecendo-o aos admiradores para a reverência do beijo.

Outra pessoa poderia enxergar uma senhora da ala das baianas, forte, segura, carregando aquela fantasia pesada e evoluindo na avenida como se o peso do mundo fizesse parte daquele corpo negro. Como se carregá-lo fosse o princípio involuntário da reinvenção.

Eu, quando a observei, vi uma habilidosa dançarina de samba-rock rodopiando já na subida dos degraus e nos deixando embevecidas pela elegância, fluidez e determinação de cada passo.

Reza a lenda que um exercício frequente para aprender a dançar samba-rock, daqueles treinados à exaustão em casa, antes do baile, era segurar a maçaneta de uma porta fechada e girar, girar, fazer todos os movimentos e passos sem soltá-la. Trocando as mãos, mas sem soltar a maçaneta.

Sueli Carneiro, exímia dançadora de samba-rock, nas mesmas proporções em que é conhecedora das manhas do futebol, deve ter apreendido a essência da lição do exercício fixo na maçaneta, ou seja, manter o foco na porta (a abertura do caminho) sem descuidar, por um segundo sequer, da flexibilidade do corpo e do espírito dançarino.

Depois do silêncio templário feito pelo Auditório Ibirapuera para escutar a Davi Kopenawa, fez-se um silêncio entrecortado por ondas elétricas para ouvir a Sueli Carneiro. Era a tensão de não saber o que seria dito pela lâmina da espada.

Sueli Carneiro, mandingueira, recebe o prêmio. Ginga ao desfilar sua cadência banto-paulista de raízes mineiras em direção ao microfone e o empunha para dizer o que precisava ser dito. Para nos instar a fazer o que precisa ser feito.

Tenho para mim que Sueli Carneiro subverteu as regras do ensaio de samba-rock, pois portas fechadas não combinam com sua natureza. Sueli Carneiro é mulher de abrir portas, todas elas. Abre mesmo portais, porque não teme o novo, nunca temeu. Talvez, por compreender que o melhor do afrofuturismo contemporâneo está no reconhecimento da tradição, na manutenção dos pilares fundadores e na reinvenção daquilo que é da ordem da criação e da tecnologia, do princípio ogúnico da existência, que ela domina como ninguém.

Vou me embora pra Wakanda. Lá sou soldada de Okoye

Pantera Negra é um filme sobre poder.

Poder de descolonização mental para construir novos caminhos e horizontes.

Poder das mulheres negras na sustentação do mundo.

Poder da política como arte da concertação e da responsabilidade pelos mais fracos.

Poder do amor como agulha e linha para tecer relações humanas.

Poder do humor e da ironia para apontar aos brancos (mesmo os desconstruidões) o seu lugar numa sociedade liderada por negros.

Poder da beleza, da lealdade, do respeito, da solidariedade, da honra e da memória para gerar encantamento.

Poder do ressentimento que destrói e amargura o peito.

Poder da fragilidade reconhecida que exuzilha e reconfigura quereres e atitudes.

Pantera Negra é um filme sobre a tradição geradora de sentidos como pilar do afrofuturismo. É a mais alta tecnologia macerada no pilão de madeira pelas mãos da rainha-mãe para liberar a essência que devolverá a vida ao filho-herói.

Mas, daqui dessa diáspora brasileira que guardou Áfricas no miolo e nas bordas, que as reinventou, mas não precisou redescobri-las, porque as Áfricas nunca saíram de nós, e vivenciá-las no cotidiano foi o que nos permitiu chegar até aqui; desse lugar que nos habita, digo, quando a poderosa saudação a Wakanda for feita, reconheçamos dois Oxês de Vibranium cruzados sobre o peito para reverenciar o Rei de Oyó.

Ao cabo, Pantera Negra é um filme sobre filosofia da ancestralidade, o poder que nos permitiu chegar até aqui.

Esta obra foi composta em Arno Pro Light, Impressa pela gráfica
PSI sobre papel pólen bold 90g, para a Editora
Malê, em novembro de 2021.